O VALE DAS UTOPIAS

O VALE DAS UTOPIAS

CARLOS MARIANIDIS

ilustrações de MARTA TOLEDO
tradução de FLÁVIA CÔRTES

© EDITORA DO BRASIL S.A. 2015
TODOS OS DIREITOS RESERVADOS

Texto © CARLOS MARIANIDIS
Ilustrações © MARTA TOLEDO
Título original: EL VALLE DE LAS UTOPÍAS

Direção-geral: VICENTE TORTAMANO AVANSO
Direção adjunta: MARIA LUCIA KERR CAVALCANTE DE QUEIROZ

Direção editorial: CIBELE MENDES CURTO SANTOS
Gerência editorial: FELIPE RAMOS POLETTI
Supervisão de arte e editoração: ADELAIDE CAROLINA CERUTTI
Supervisão de controle de processos editoriais: MARTA DIAS PORTERO
Supervisão de direitos autorais: MARILISA BERTOLONE MENDES
Supervisão de revisão: DORA HELENA FERES

Coordenação editorial: GILSANDRO VIEIRA SALES
Assistência editorial: PAULO FUZINELLI
Auxílio editorial: ALINE SÁ MARTINS
Coordenação de arte: MARIA APARECIDA ALVES
Produção de arte: OBÁ EDITORIAL
   Edição: MAYARA MENEZES DO MOINHO
   Projeto gráfico: CAROL OHASHI
   Editoração eletrônica: GLEISON PALMA E RICARDO PASCHOALATO
Coordenação de revisão: OTACILIO PALARETI
Revisão: ELAINE FARES
Coordenação de produção CPE: LEILA P. JUNGSTEDT
Controle de processos editoriais: BRUNA ALVES

Dados Internacionais de Catalogação na Publicação (CIP)
(Câmara Brasileira do Livro, SP, Brasil)

Marianidis, Carlos
   O vale das utopias/Carlos Marianidis ilustrações de Marta Toledo ; tradução Flávia Côrtes. – São Paulo: Editora do Brasil, 2015. – (Série todaprosa)
      Título original: El valle de las utopías
      ISBN 978-85-10-06022-6
   1. Amizade 2. Fantasia 3. Literatura juvenil I. Toledo, Marta. II. Titulo. III. Série.

15-05656   CDD-028.5

Índice para catálogo sistemático:
1. Literatura juvenil   028.5

1ª edição / 4ª impressão, 2024
Impresso na Hawaii Gráfica e Editora.

Avenida das Nações Unidas, 12901
Torre Oeste, 20º andar
São Paulo, SP – CEP: 04578-910
Fone: + 55 11 3226-0211
www.editoradobrasil.com.br

SUMÁRIO

BENITO, O BANDEIRINHA **09**

MARJÚU, O MENINO LUMINOSO **17**

PLANETAS E CORES **23**

OLHOS VENDADOS **31**

A LIÇÃO DO CAVALO-MARINHO **41**

UM DESCONHECIDO NO CAMINHO **51**

UMA NOITE NA ESCOLA **63**

UM SONHO **69**

A DESCOBERTA DE DARDO **77**

AS UTOPIAS **85**

RANDÁ? O QUE É RANDÁ? **97**

PENSAMENTOS **109**

A SOLUÇÃO DE UM ENIGMA **115**

UMA TURMA ESPECIAL **125**

TUDO PODE ACONTECER **135**

A UTOPIA ESTÁ NO HORIZONTE.
AVANÇO DOIS PASSOS,
ELA RETROCEDE DOIS PASSOS.
CAMINHO DEZ PASSOS, O HORIZONTE
SE AFASTA POR MAIS DEZ PASSOS...

EDUARDO GALEANO

VALE ADQUI
RIA UMA APA
RENCIA MAGI
CA AO AMAN
HECER, VISTO
DO CENTRO
DA PLANTA
ÇÃO DE TRIGO.
ERA QUINTA-
FEIRA. A LES
TE O SOL DO
QUAL SE VIA
APENAS UM

BENITO, O BANDEIRINHA

O vale adquiria uma aparência mágica ao amanhecer, visto do centro da plantação de trigo.

Era quinta-feira. A leste, o sol (do qual se via apenas um raio alaranjado) fazia cintilar os cumes das montanhas mais distantes. Seu resplendor atravessava a névoa cinzenta que cobria o rio e atingia em cheio os verdejantes pinheiros e arbustos das colinas a oeste.

Antes do avião chegar, Benito respirou fundo para sentir o perfume das laranjas. Depois não seria mais possível.

No céu, um enorme círculo avermelhado surgia sobre a colina mais alta. Enquanto se formava lentamente, modificava a tonalidade das encostas, da água e das plantações. As últimas sombras que restavam da noite transformavam-se em um rosa suave e, a seguir, em um dourado que se mantinha por muito tempo, como para dar tempo a cada semeadura de brilhar com sua própria cor.

Lamentavelmente, nenhum dos habitantes do lugar (quase todos indígenas) podia sentar e contemplar a paisagem, já que eles desciam a montanha para trabalhar nos campos antes mesmo de amanhecer.

O menino olhava os trabalhadores e pensava no pai, um índio chol, de 40 anos, ao qual uma doença desconhecida encurvara como a um velho de oitenta. De pele morena acobreada, testa grande, nariz largo e maçãs do rosto salientes, o homem se inscrevia para trabalhar como peão nas colheitas, mas era rejeitado. Assim, com a pouca força que lhe restava, semeava alguns centímetros de terra, ajudava a acomodar as frutas colhidas e realizava pequenas tarefas. Com isso, juntava daqui e dali o suficiente apenas para sobreviverem ele, a esposa e os cinco filhos.

Benito era o primeiro da família a frequentar uma escola, à qual ia de segunda a sexta (na verdade, quando podia), depois de levar as ovelhas para pastar. De sandálias, caminhava por dois quilômetros costa abaixo na ida e costa acima na volta, tanto em época de chuva como de frio. Por isso aguardava ansioso pelo fim de semana. Depois do trabalho, podia deter-se em algum penhasco para observar o povo distante e sentar-se um momento para sonhar o que seria quando crescesse. No entanto, para descansar ainda faltava muito.

O zumbido distante do *mosquito* (assim chamavam o pequeno avião que fazia a pulverização) o tirou de seus pensamentos. Ocupou seu lugar (exatamente no local do milharal em que havia terminado a tarefa do dia anterior) e agitou os braços para cima, para que o piloto o visse. Efetivamente, um minuto depois, o avião vermelho surgiu e despejou um líquido transparente sobre a semeadura. A chuva fina caiu como uma nuvem que trocou o perfume suave das laranjeiras por um forte e conhecido odor.

Apesar de tudo, Benito estava feliz por poder ajudar o pai que, doente demais para render como antes, o levava à plantação desde os 7 anos para que aprendesse a lida do campo. No começo, sua principal ocupação era tirar o barro das ferramentas e do arado; depois, arrancar as ervas daninhas e carregar volumes pequenos. Agora, após três anos, se tornara um bandeirinha. Treinado por garotos pouco maiores que ele, tinha a função de correr até a última faixa de trigo molhada e ficar ali como uma bandeirinha que marca o buraco no jogo de golfe, para que o piloto do avião soubesse onde devia pulverizar na segunda vez, depois de abastecer novamente.

No começo, Benito havia encarado o trabalho como diversão, principalmente porque lhe parecia fantástico correr sob a sombra do avião, tentando evitar que o borrifo lhe molhasse o rosto. Era como brincar de *polícia e ladrão*, mas não com outros meninos, e sim com uma máquina.

Mas após alguns dias, passada a novidade do começo, a diversão tornou-se um fardo pesado que lhe custava mais a cada manhã. O que havia começado apenas como um par de horas aos sábados ou domingos, havia se estendido para três dias na semana, desde o amanhecer até o meio-dia. Ou mais. Ele até parou de ir à escola para poder cumprir a cota semanal de trabalho que lhe exigiam como a um homem adulto.

Infelizmente, como seu pai não podia dar conta de tudo o que o dono das terras ordenava, Benito havia herdado suas obrigações e agora percorria 200 hectares por dia em troca de umas poucas moedas.

Ainda por cima, quando o vento mudava de direção e o borrifo lhe acertava o rosto, ele terminava o dia com uma enorme dor de cabeça, que às vezes continuava na manhã seguinte. Por isso era tão difícil manter-se acordado e ficar atento em sala de aula.

Mas agora era quinta-feira. Dia de andar muito, sentir falta de ar e náuseas. Ao menos, como consolo, às quintas não tinha aula. E quinta era o dia do *mosquito*.

Após o trabalho, havia muitas maneiras de Benito voltar: uma era pelo labirinto de arbustos e dali seguir pelo ribeirão seco; outra, através dos sulcos de argila que a língua do vento lambera durante séculos até transformar em trilhas, ou de qualquer outra maneira que desejasse, dependendo da pressa que tivesse em voltar. Desta vez, meio enjoado depois de uma dura jornada, havia escolhido a trilha mais curta, ou seja, atravessar o trigal e continuar junto ao rio.

– Olha como você está molhado! – gritou a mãe ao vê-lo chegar.

Sua casa, um único cômodo feito com pequenas pedras unidas com barro, começava a escurecer ante o último raio de sol, que desse lado do vale se retirava como um caracol de fogo.

O quarto escuro começou a iluminar-se. A mulher morena acendeu uma lamparina de querosene no mesmo instante em que o filho entrava. Outras três crianças (todos meninos) dormiam sob o mesmo teto.

– E o que vamos fazer se tiver geada? – perguntou ao marido, enquanto acomodava no peito o quinto filho, recém-nascido.

– É o que estou te dizendo, ora! Vou perguntar na fábrica, irei até o povoado, vou conseguir alguma coisa.

Benito baixou os olhos e guardou as queixas para uma outra hora.

– Onde deixou as ovelhas hoje? – perguntou o pai, num tom que parecia o que usava para falar de coisas importantes. O menino logo se deu conta de que aquela voz temível era a mesma de quando ele discutia com a mãe.

– Na curva do rio, onde há pasto alto – respondeu, quase num sussurro.

Ali, em um pequeno povoado que não aparecia em nenhum mapa, os habitantes eram da etnia chol; e alguns até caciques. Todos, sem exceção, trabalhavam na colheita ou na semeadura, de acordo com o mês do ano e a semente em questão. À primeira vista, parecia simples, mas a época das peras não era como a do algodão, em que um punhado de lã podia fazer sangrar as mãos como se fosse lasca de vidro.

– Felizmente temos o *mosquito*. Ele voa este mês e o seguinte – disse o homem, retomando a conversa com a mulher. – Já é alguma coisa. Amanhã veremos.

Benito caminhou em silêncio e se acomodou em um canto junto à fogueira. Estava com frio. Pensou que em pouco tempo deveria dormir para conseguir levantar-se no dia seguinte e andar até a escola. Foi quando, como uma nuvem escura que oculta a luz do sol, caiu sobre seu rosto um ar de preocupação. Estava cansado e com dor de cabeça. Até o cachorro Chinchil se deu conta de que o humor do amigo havia mudado e lambeu suas mãos enquanto levantava poeira batendo o rabo no solo ressecado.

O PRIMEIRO
A PERCEBER
QUE MARJUU
RA DIFEREN
TE DOS OU
TROS FOI O
COLEGA QUE
SENTAVA NA
CARTEIRA AO
ADO. NO CO
MEÇO DAS AU
AS, BRUNO
TINHA FICADO

MARJÚU, O MENINO LUMINOSO

O primeiro a perceber que Marjúu era diferente dos outros foi o colega que sentava na carteira ao lado.

No começo das aulas, Bruno tinha ficado triste por ter de sentar sozinho, na quarta fila, no meio da sala. Até o dia em que a senhorita Rosa terminou de fazer a chamada e a diretora apareceu de surpresa. Todos ficaram de pé. A autoridade máxima da escola era uma mulher ruiva, muito gorda, que mancava da perna esquerda. Movia-se lentamente, como uma galinha em busca de seus pintinhos, trazendo pela mão um menino pálido que não estava inscrito em nenhuma turma.

– Martin Júlio Uran! – gritou do meio da sala, seguindo para a mesa da professora. – É seu?

– Não – respondeu a professora, depois de verificar a lista de chamada. Sua voz era como um sussurro. – Não está na letra "M", muito menos na "U". No entanto, tenho 35 alunos inscritos e as mesas são duplas. Neste caso, deve haver um lugar livre em alguma delas. Pode sentar ali.

Bruno afastou a mochila e olhou para o desconhecido com um certo desagrado. Observou em silêncio a maneira como ele se acomodava a seu lado e tirava o material um por um. Seu olhar era estranho e, em alguns momentos, Bruno teve vontade de rir. O garoto novo parecia um abobalhado que se surpreendia a todo momento com as coisas mais simples, como se as visse pela primeira vez. A única coisa interessante sobre ele era sua régua, um retângulo grosso e transparente como o diamante, que tinha um dos lados polido em declive. Cada vez que o sol a atravessava, os dois cadernos abertos sobre a mesa se enchiam de cores.

O estranho sublinhou o assunto da aula. A seguir, com um sorriso de orelha a orelha, disse algo inesperado.

– Já que gostou tanto, eu te empresto.

Magia. Bruno passou os recreios com ele e se divertiu a cada minuto. Tanto que, horas depois, quando soou o último sinal da manhã, desejou vê-lo novamente no dia seguinte: esse cara-pálida era realmente simpático e não dizia uma única coisa que não fosse divertida ou incrível.

À medida que as semanas se passavam, Marjúu (ele assim pediu que o chamassem) demonstrava ser inteligente e ligeiro. Era o primeiro a entregar a prova e era capaz de encontrar qualquer palavra difícil no dicionário segundos após a senhorita Rosa pronunciá-la.

Por alguma razão, essa capacidade havia irritado a maioria dos colegas. Assim, curiosamente, quem mais desconfiara dele no início acabou se tornando seu único defensor.

Uma tarde, Bruno foi à casa do amigo fazer um trabalho. Assim que terminaram, brincaram de guerra em um terreno próximo, onde havia tocos arredondados de troncos de árvores.

Há poucos anos, um paraíso de peras e maçãs tinha sido destruído para dar espaço à plantação de café. Mas após várias colheitas ininterruptas, a terra estava massacrada. Com o tempo, o lugar abandonado se tornou um labirinto de arbustos espinhosos, plantas secas e de pontas afiadas, como espinhos verdes em miniatura.

As horas passaram.

Contra o entardecer avermelhado, se distinguiam apenas as duas silhuetas que corriam de um lado a outro e a trajetória dos projéteis que atravessavam o ar nas duas direções. Alguns acertavam braços e pernas e caíam no chão, mas outros acertavam o cabelo e se prendiam de tal forma que às vezes era necessário cortar a mecha para soltá-los.

Se não tivesse tropeçado, Bruno jamais perceberia nada. Assim que deu o último salto para se esquivar de uma bola de terra, seus óculos caíram no chão.

Ao dar a volta para pegá-los, viu uma infinidade de manchas que resplandeciam turvas, num tom amarelo-esverdeado.

Ao recolocar os óculos, descobriu se tratar de pequenas marcas brilhantes esparramadas pela grama, como pegadas fosforescentes. Procurou o amigo para mostrar o que estava vendo e, ao distingui-lo na penumbra, ficou sem palavras: ao redor do corpo de Marjúu havia uma espécie de auréola cintilante.

– O que... é isso? – perguntou, ao recuperar o fôlego. – Por que essa luz está saindo de você?

– Não é nada – Marjúu sorriu. – É uma coisa que me acontece quando estou feliz. Mas, por favor, não conte a ninguém! Vamos entrar. Tenho que te contar um segredo.

qualquer palavra difícil no dicionário segundos após a senhorita Rosa pronunciá-la.

Por alguma razão, essa capacidade havia irritado a maioria dos colegas. Assim, curiosamente, quem mais desconfiara dele no início acabou se tornando seu único defensor.

Uma tarde, Bruno foi à casa do amigo fazer um trabalho. Assim que terminaram, brincaram de guerra em um terreno próximo, onde havia tocos arredondados de troncos de árvores.

Há poucos anos, um paraíso de peras e maçãs tinha sido destruído para dar espaço à plantação de café. Mas após várias colheitas ininterruptas, a terra estava massacrada. Com o tempo, o lugar abandonado se tornou um labirinto de arbustos espinhosos, plantas secas e de pontas afiadas, como espinhos verdes em miniatura.

As horas passaram.

Contra o entardecer avermelhado, se distinguiam apenas as duas silhuetas que corriam de um lado a outro e a trajetória dos projéteis que atravessavam o ar nas duas direções. Alguns acertavam braços e pernas e caíam no chão, mas outros acertavam o cabelo e se prendiam de tal forma que às vezes era necessário cortar a mecha para soltá-los.

Se não tivesse tropeçado, Bruno jamais perceberia nada. Assim que deu o último salto para se esquivar de uma bola de terra, seus óculos caíram no chão.

Ao dar a volta para pegá-los, viu uma infinidade de manchas que resplandeciam turvas, num tom amarelo-esverdeado.

Ao recolocar os óculos, descobriu se tratar de pequenas marcas brilhantes esparramadas pela grama, como pegadas fosforescentes. Procurou o amigo para mostrar o que estava vendo e, ao distingui-lo na penumbra, ficou sem palavras: ao redor do corpo de Marjúu havia uma espécie de auréola cintilante.

– O que... é isso? – perguntou, ao recuperar o fôlego. – Por que essa luz está saindo de você?

– Não é nada – Marjúu sorriu. – É uma coisa que me acontece quando estou feliz. Mas, por favor, não conte a ninguém! Vamos entrar. Tenho que te contar um segredo.

A CASA DE
MARJUU ERA
CIRCULAR.
SOBRE UM
TERRENO CO
BERTO DE GRA
MA E TREVOS,
COM LARAN
EIRAS E JAS
MINEIROS,
SUAS PARE
DES CURVAS
SE ELEVAVAM

PLANETAS E CORES

A casa de Marjúu era circular. Sobre um terreno coberto de grama e trevos, com laranjeiras e jasmineiros, suas paredes curvas se elevavam a uma altura de três metros, dobrando-se até se transformarem em teto. Lembrava um gigantesco cogumelo branco, com uma porta no meio e uma janela de cortinas floridas de cada lado.

No interior não havia um só canto ou esquina. Não havia mais móveis do que quatro cadeiras rústicas em volta de uma mesa redonda. No centro, uma espécie de vasilha aberta na base, em cujo interior tremelicava a chama de uma vela, que dava ao ambiente um aroma de frutas.

A cozinha estava perfeitamente limpa e arrumada do outro lado de um arco, construído com pedras marinhas. Em uma parede havia prateleiras com várias fileiras de frascos com terra. Em alguns, minúsculas raízes se apertavam contra o vidro;

em outros, talos delgados saíam das sementes rompidas e subiam até a borda. A maioria dos recipientes estava com alguma planta de poucos centímetros de altura, com duas ou quatro folhas recém-formadas.

– Gosto de ver como crescem – explicou Marjúu.

– Onde está sua mãe? – perguntou Bruno, ao ver que o amigo abria e fechava portas para preparar o lanche como se fosse o único habitante da casa.

– Irei vê-la no fim do ano, quando voltar. Meu pai também.

Passaram-se dez minutos até a bandeja estar sobre a mesa.

– Não entendo – disse Bruno, enquanto mergulhava uma rosquinha no chocolate quente. – Viajaram e te deixaram sozinho?

Marjúu ficou em silêncio. Olhou seriamente a mão do convidado, levantou as sobrancelhas e mordeu os lábios. A seguir sorriu.

– Não. Quem viajou até aqui fui eu.

– Viajou? De onde?

Enquanto pensava em uma boa resposta, Marjúu deu ao amigo uma colher e o observou tirar o pedaço de rosquinha do fundo da xícara. A seguir, terminou seu lanche em dois goles e esperou que Bruno terminasse o dele para voltar a falar.

– Vamos ao meu *refúgio*. Vou te mostrar uma coisa.

O quarto era simples, como o resto da casa. O que mais chamava atenção era que não havia um só retrato à vista, nenhum desenho ou enfeite. Apenas um antigo relógio de pêndulo na parede, quebrando o silêncio do quarto. Mas esse detalhe era logo esquecido, ao ver-se o grande telescópio junto à cama. Como se adivinhasse seus pensamentos, Marjúu apontou para o banco de madeira atrás do telescópio e Bruno se sentou para olhar através da lente.

Em primeiro plano, entre muitos pontos luminosos, se via um planeta azul-claro com algumas regiões verdejantes.

– Como é parecido com a Terra! – exclamou Bruno.

– Não é mesmo? O piloto da espaçonave achou o mesmo!

Bruno achou ter ouvido mal.

– Você não me respondeu – insistiu, sem parar de olhar pela lente. – De onde veio de viagem?

– De onde você está vendo: Urano. Na verdade eu nasci aqui, mas devia ter nascido lá.

O garoto de óculos de lentes grossas parou de olhar pelo telescópio, inclinou a cabeça e colocou as mãos na cintura. Estava acostumado com as brincadeiras do amigo, mas essa lhe parecia muito exagerada.

– Ha! Ha! Muito engraçado – disse, pouco animado. – Falo sério. Onde está sua família?

– Ficou lá – respondeu Marjúu, saindo do quarto e retornando minutos depois com duas novas xícaras cheias e mais rosquinhas. Ajeitou a bandeja no centro da cama e pegou outro banco para sentar-se. – Vou te contar tudo. Há alguns anos, em Urano, quando estavam recém-casados, meus pais fizeram uma viagem de férias. Como não tinham muito dinheiro, escolheram a mais barata, que era um passeio pelo Sistema Solar e uma estadia de três dias e quatro noites em Júpiter.

– Júpiter?!

– Sim. A única coisa que minha mãe queria era estar em um lugar tranquilo para ver a Lua à noite. E meu pai a levou para onde poderia ver 16. Faltava pouco para que eu nascesse e, na viagem, meus pais calcularam que coincidiria com o alinhamento de Marte, Júpiter e Urano. Por isso me chamo Marjúu, embora eles tenham tido que inventar outro nome para poder me registrar. Segundo me contaram depois, foi tudo perfeito e eles se divertiram muito... até precisarem voltar. Por azar, o piloto da espaçonave era novo no trabalho e não conhecia bem as rotas espaciais. Ao tomar impulso para livrar-se da força da gravidade, foi para a direita em vez de girar para a esquerda.

Bruno estava de olhos arregalados como dois girassóis, um pedaço de rosquinha entre os dedos o resto no fundo da xícara. Sem piscar, olhava para o desenho que o amigo fazia: um círculo ao redor do qual o lápis traçava uma órbita ovalada e continuava em linha reta.

– ...Quando o foguete saiu para este lado, tudo o que sabia o piloto era que teria que passar longe de um planeta com anéis e parar em outro de cor azul. Ele se deu conta do erro tarde demais, pois já não tinha combustível suficiente para voltar. Foi assim que, em vez de voltar a Urano, meus pais terminaram chegando à Terra, onde eu nasci.

Bruno pescou, pedaço por pedaço, a rosquinha desmanchada e a levou mecanicamente à boca como um robô. Depois começou a sentir medo por estar sentado nesse lugar, em companhia de alguém que falava como um louco.

– Não tenha medo – pediu Marjúu, sorridente, colocando uma mão em seu ombro. – Sou seu amigo e não conheço ninguém mais para dividir esse segredo. Que posso fazer para que acredite em mim?

– Não sei. É uma história muito... E o que houve depois? Se tudo isso é verdade, por que você não voltou para Urano com seus pais?

Marjúu olhou com tristeza para o céu estrelado.

– Eles, por serem adultos, puderam voltar. Eu não iria resistir à viagem de volta. Tiveram que me deixar. Eu era só um bebê.

– Mas não é mais. Por que não foi? É tudo brincadeira sua!

– Eu não pude ir porque, com o tempo, meu organismo se adaptou a este planeta. Por exemplo, em Urano o ar é diferente, mais denso que o daqui, muito mais contaminado. Com estes pulmões que tenho agora, se voltasse ao meu lar, cairia doente em seguida.

De um jeito muito estranho, tudo o que aquele menino dizia soava verdadeiro.

Lentamente, Bruno (que havia mantido a conversa por simples curiosidade, para ver até onde chegaria a invencionice do colega) foi aceitando a ideia de estar diante de um ser diferente de tudo que havia conhecido.

– E o que mais é diferente?

Marjúu pensou por um instante. A seguir, apontou para as paredes.

– As cores.

– O que tem as cores?

– Como vou te explicar... Por um lado, aqui na Terra, as coisas não têm uma cor própria.

– Claro que têm! – Bruno exclamou. – Estas paredes são brancas, as frutas são vermelhas, as cenouras alaranjadas...

– Não. É uma ilusão. Através da luz, as cores viajam juntas pelo ar e quando tocam em algo, se separam. Todas as coisas, vegetais, animais, pedras, absorvem essa luz, mas só devolvem uma parte. O mar devolve a parte azul, as árvores devolvem o verde...

– Ah, sim... e o açúcar, hem?

– O açúcar, o sal, a farinha refletem tudo por igual. E o carvão absorve tudo.

– E você, como vê as cores?

– Essa é uma outra questão. Veja este quarto. Ainda agora eu estava preocupado e o via marrom. Agora me sinto tranquilo e ele está todo violeta! Às vezes me sinto esperançoso e, então, ele se torna verde, entende? Por outro lado, os seres humanos veem com outros olhos e a imagem se forma em seu cérebro. Em nós, os uranianos, a imagem se forma no coração.

– Mas você nasceu na Terra. É tão humano quanto eu!

– Não, Bruno. Como vou te explicar... Se levasse um casal de leões para Marte, eles teriam leõezinhos, e não marcianos. Não se confunda: eu te pareço humano, mas sou uraniano.

A brisa trouxe ao quarto um perfume doce, vindo do jardim. Duas lágrimas rolaram pelas bochechas de Marjúu e, como acontece com a respiração nos dias de muito frio, um suave vapor prateado e fosforescente brotou de sua boca e se diluiu no ar.

– Saiu uma luz de você de novo! É por que está feliz? Você gosta tanto assim do cheiro de jasmim? – perguntou Bruno, começando a entender.

– Obrigado por acreditar em mim – suspirou Marjúu, com um alívio que o encheu de alegria. – Agora sim, somos amigos de alma.

IARJOU SER
IA A TERCEI
RA BANDEJA
DE BISCOITOS.
ENQUANTO
SSO, EXPLI
CAVÁ QUAN
O TEMPO A
UZ LEVAVA
PARA VIAJAR
O ESPAÇO,
SIGNIFICADO

OLHOS VENDADOS

Marjúu servia a terceira bandeja de biscoitos. Enquanto isso, explicava quanto tempo a luz levava para viajar no espaço, o significado de Lua cheia, quarto crescente e minguante e por que as horas eram diferentes ao redor do mundo. Seu conhecimento estava longe de ser como o de um astrônomo, mas era muito superior ao de qualquer menino de sua idade.

– Como é que você sabe de tanta coisa?

– Gosto de ler – respondeu o dono do telescópio. – Além do mais, quando olho para o céu, desenho o que vejo, me faço perguntas e chego até a fazer descobertas só de pensar muito no que estou vendo.

– Como o quê?

– Por exemplo... sei que existem planetas com montanhas muito, mas muito altas, mesmo que nunca os tenha visto. E descobri isso só de observar a cidade ao entardecer.

– Não entendo. O que uma coisa tem a ver com a outra?

– É simples – explicou Marjúu. – Aqui, quando o sol se põe, as casas baixas vão caindo na escuridão. Um pouco mais distante, nos edifícios da cidade, ainda parece ser dia, pois o sol os ilumina por mais tempo. Se fôssemos como os pássaros e pudéssemos voar sobre eles, poderíamos comprovar que, quando tudo fica escuro, algumas manchas douradas permanecem. São os andares mais altos, onde a noite parece começar alguns minutos depois.

– E daí?

Marjúu foi até a lente do telescópio e a girou até encontrar o que procurava. A seguir, deixou o banco livre para que o amigo pudesse sentar.

– Me diga o que está vendo.

– Não sei. Um planeta que tem uma metade amarela e outra preta.

– Toda preta? Observe bem.

– Hummm... Não. Vejo que em cima da parte onde começa a escuridão tem estrelas.

– Impossível. As estrelas estão infinitamente mais distantes.

– Talvez sejam satélites que giram ao redor, como a nossa lua.

– Não. Este planeta não os tem.

– Cometas, então?

– Muito menos. Não há caudas brilhantes.

Bruno se deu por vencido. No entanto, continuou olhando. Alguns momentos depois, o que havia visto já não estava igual ao que vira antes. Toda a metade era absolutamente negra.

– Entende agora? – perguntou Marjúu. – Os pontos luminosos só podem ser os cumes de montanhas altíssimas; são as únicas que podem continuar refletindo o sol quando a metade do planeta já mergulhou na noite.

Bruno, de olhos um pouco cansados, interrompeu a observação.

– Quando crescer, quero ser astronauta! – ele disse. – Não, melhor que isso! Serei construtor de foguetes espaciais! Ou então, inventarei uma nave para viajar pelo Universo! E também vou...

Ele silenciou em seguida e olhou para o jardim. Uma infinidade de pontos luminosos cruzava a escuridão de um lado para o outro.

– Estive tanto tempo sentado aqui, que já estou vendo luzes em toda parte – o garoto riu limpando os óculos.

– Por que está dizendo isso?

– Porque acabo de ver, lá no fundo, uma chuva de meteoritos. E foi tão perto!

Marjúu ficou pálido.

– Ah, não! – e dando um salto, fechou a janela. – Elas te ouviram! Deve ser isso!

– O que... que você está dizendo? – perguntou Bruno, arregalando os olhos mais uma vez.

Não teve resposta. O amigo recolheu as xícaras pela metade, empilhou os pratos e correu para levar a bandeja para a cozinha. Do corredor, sua voz soava desesperada. Repetindo a mesma coisa.

– Elas te ouviram! Com certeza te ouviram!

Menos de um minuto depois, Bruno viu o amigo retornar.

Carregando ainda nos braços o que tinha levado dali, Marjúu entrou no quarto, largou tudo sobre a cama e fechou a porta à chave. Depois encostou a orelha na madeira.

– Vou te avisando que assim você assusta um pouco as visitas.

– Shh! Me deixe ouvir! – sussurrou Marjúu com uma expressão muito séria, erguendo as sobrancelhas e piscando várias vezes. Depois apoiou o ombro na porta, estendeu os braços cruzados e sorriu de um jeito nervoso. Com a boca levemente arqueada, parecia um bebê a ponto de chorar. – Não se assuste com o que irá acontecer, Bruninho... Não ligue para mim. Acho que ouviram seus desejos.

– Não entendo. Qual o problema com os meus dese...?

A pergunta foi interrompida junto com a respiração. Parecia que lançavam pedras contra a porta do lado de fora do quarto.

O barulho era contínuo, com alguns golpes que sobressaíam entre os outros pela violência. Era como uma tempestade de granizo que ricocheteava, diminuía e voltava a atacar cada vez com mais força. Por trás de uma pequenina janela que dava para o corredor, brilharam algumas luzes circulares e amarelas. Pela altura, Bruno pensou que fossem gatos que observavam de uma estante do outro lado. O estranho era que os olhos luminosos apareciam e desapareciam de baixo para cima e de cima para baixo, como gatos que saltavam várias vezes sobre uma cama elástica para espiar.

Marjúu subiu na cabeceira da cama e, esticando-se o quanto podia, fechou a janelinha. Aquilo que parecia um grupo de olhares saltitantes se transformou em uma onda de clarões fosforescentes cujo brilho diminuiu até desaparecer. Do mesmo modo, os golpes incessantes foram diminuindo de intensidade. Aos poucos, pareceu que reinaria novamente o silêncio, mas então um golpe isolado fez com que Marjúu estremecesse e retornasse à posição de sentinela.

As mãos de Bruno tremiam.

– Não tenha medo, Bruninho. Elas não são ruins, mas é a primeira vez que escapam. Teus sonhos de astronauta as deixaram enlouquecidas. Elas ficam sensíveis quando alguém diz essas coisas.

– Do que você está falando? – perguntou o amigo, paralisado de medo.

Marjúu verificou a hora no relógio.

– Está tarde e seus pais devem estar preocupados. É melhor nos falarmos amanhã. Agora vou te acompanhar até a calçada.

– Não vai me dizer o que está acontecendo?

Marjúu fez cara feia e olhou para a janelinha, erguendo as sobrancelhas. Dois clarões o deixaram pensativo e em silêncio por um tempo.

– Bruninho... É uma história longa para explicar. Acho que isso aconteceu porque é a primeira vez que tenho visita. Em algumas casas os cães latem quando entra uma pessoa estranha. E aqui...

– Já sei! – deduziu Bruno, batendo as mãos uma na outra. – Você tem uma matilha inteira! Seus cachorros pensaram que você corria perigo e vieram te defender! Mas eu não ouvi nenhum latido.

– Porque não são cachorros. Nem gatos – explicou Marjúu, mordendo os lábios. – Por favor, não pergunte. Esta noite pensarei em como te explicar e amanhã conversaremos. Agora, preciso que você confie em mim e faça exatamente o que vou te dizer.

Marjúu tirou um enorme lenço do armário e pediu para que o amigo se virasse. Depois vendou os seus olhos.

– É um jogo?

– Não. Isso é para que você não veja o que há lá fora. Elas não são ruins, mas são desconfiadas. Tenho medo de que você se assuste ao olhar para elas e faça algo que possam entender como uma tentativa de ataque. Mais uma coisa: quero que mantenha a calma e fique tranquilo. Os humanos, quando ficam assustados, liberam um odor que alguns animais podem perceber. Quando isso acontece, as pobrezinhas acham que a pessoa vai atacar; por isso reagem mal, mas não por raiva e sim por medo.

– Mas afinal, o *que* está ali fora? – perguntou Bruno, estremecendo.

– Nada que possa te ferir, se você ficar tranquilo. Eu vou ao seu lado. Apenas repita isso mentalmente para que elas não desconfiem de você: "Sou bom. Não vou lhes fazer mal".

Marjúu saiu por um momento para verificar a casa. Minutos depois, voltou com alguns aranhões na pele. Apoiou um braço sobre o ombro do amigo e aguardou que seu coração batesse mais lentamente.

Bruno ouviu a porta se abrir e saiu atrás do dono da casa, pisando o assoalho do corredor como se fosse lava vulcânica. No caminho, sentia a cada passo que algo se aproximava de suas pernas e as pressionava. Lembrou-se de seu gato, que quando ficava manhoso, pedia carinho. De repente ouviu um uivo que não era deste mundo e parou aterrorizado. No entanto, isso o tranquilizou para seguir avançando. Segundo Marjúu, era um bom sinal.

Na metade do corredor, sua mão direita roçou em algo quente e úmido que soprou um bafo quente em seus dedos.

– Não tenha medo, Bruninho. Isso é uma mostra de carinho. Acho que elas gostam de você.

Bruno fez outra pausa e inspirou profundamente. Duas línguas quentes (ou uma língua de duas pontas?) lamberam sua mão.

– Muito bem, Bruninho! Estão te pedindo carinho.

O menino estendeu os dedos até o que estava lhe subindo pela cintura e se agarrando em suas pernas. Seus dedos percorreram um focinho pequeno, comprido como uma tromba, mais delicado e longo que o de um cachorro, até terminar em finas orelhas pontiagudas.

Os últimos metros foram intermináveis pela quantidade de cabeças que se aproximaram para exigir a mesma atenção.

A porta se fechou. Batidas abafadas continuaram soando por trás da madeira, no interior da casa.

Por fim, o lenço caiu no chão. A brisa noturna e os ruídos da rua atingiram ao mesmo tempo o rosto descoberto, e ainda assustado, de Bruno.

– Nos vemos amanhã, na escola! – disse Marjúu, meio envergonhado.

– Até amanhã – respondeu o amigo, sem se atrever a olhar para trás.

PARA BRUNO ERA DIFÍCIL PRESTAR ATENÇÃO AO QUE A PROFES SORA DIZIA. EM PLENA AU LA, ELE PEN SAVA NAS PE GADAS FLUO RESCENTES QUE VIRA

A LIÇÃO DO CAVALO-MARINHO

Para Bruno era difícil prestar atenção ao que a professora dizia. Em plena aula, ele pensava nas pegadas fosforescentes que vira na grama, na incrível história da espaçonave que havia errado o caminho e no pavor que sentira diante daqueles animais estranhos que não conseguira ver.

– Bruno, querido, estamos esperando sua resposta – disse a professora Rosa. Vários colegas riram. – Pode nos dizer um adjetivo para "quadro"?

– É... Negro!

– Muito bem, mas eu pedi uma frase completa. Em que planeta andará essa cabecinha?

Mais risos.

– Ah, sim... O quadro é negro.

– Assim está melhor! – a professora sorriu, caminhando entre as mesas e tocando o ombro de Marjúu. – Agora, vamos todos ouvir uma frase do Martin Júlio sobre... isto que eu tenho na mão!

Nesse momento, o jovem uraniano via tudo em diversos tons de marrom, como naquelas fotos antigas dos museus. Olhou para aquele pedaço de giz opaco e tentou adivinhar de que cor as pessoas o viam. Como não havia sol, não podia usar a régua para comparar as cores. O nervosismo o impedia de pensar com clareza. Por fim, respondeu.

– O giz é... *mágico*.

Um murmúrio correu por toda a sala. Rosa ficou pensativa.

– Hummm... mágico. Sim, é um adjetivo. Mas, por que escolheu essa palavra? O que há de mágico em um giz?

Todos se ajeitaram nas mesas para ouvir como o menino novo sairia da enrascada em que havia se metido.

– Bem... – explicou Marjúu. – Quando o apoia sobre o quadro, o giz vira pó e se transforma no que você quiser: uma palavra, um número, uma árvore...

Bruno olhou para trás, atraído pelo riso contido de Benito. Ao seu lado, Tiara anotava em um papel o que Marjúu dizia. Bruno tentou pegar a folha, mas a menina o olhou seriamente com seus enormes olhos cinzentos. Tocou o sinal para o primeiro recreio e, em poucos segundos, a sala estava vazia como um pombal após o miado de um gato.

– Podem sair – disse a professora, sem mais ninguém em sala para ouvi-la.

Àquela hora da manhã, o corredor interno da escola era um túnel escuro que desembocava em um quadrado resplandecente de luz dourada. Bruno e Marjúu atravessaram a galeria e saíram correndo em direção ao pátio junto a dezenas de uniformes brancos; pareciam paraquedistas que saltavam de um grande avião para uma nuvem de azulejos e dali para um céu verde. Verde de grama. Verde de arbustos. Verde de árvores muito altas, povoadas por pássaros cantores.

– O giz é mágico! O giz é mágico! – provocou Benito e, ao passar cantarolando, deu um empurrão em Marjúu e fugiu.

Tiara, muito mais gentil que seu colega de carteira, parou por um instante.

– Não ligue para ele. Eu gostei do que você disse. Quer brincar?

– Siiim! – Bruno se intrometeu. – De quê?

– De mancha venenosa! – gritou Tiara, enquanto tocava uma das lentes de seus óculos. – Agora é sua vez!

Era óbvio que seria impossível falar sobre os animais estranhos de olhos brilhantes.

Bruno passou o resto do recreio correndo em círculos e tapando um olho como pirata. Cada vez que tropeçava, jurava a si mesmo que não voltaria a interromper uma conversa.

A segunda parte da manhã foi dedicada à leitura de uma história sobre o mar e um grupo de pescadores. Ao terminar, havia palavras no quadro-negro para buscar no dicionário. A senhorita Rosa sublinhou a primeira.

– Quem sabe dizer o significado de *caranguejeira*?

– É a mulher do caranguejo – disse Benito, em voz baixa, tapando a boca.

– Shh! – fez Tiara, dando risinhos, com o dedo indicador sobre os lábios.

A seguir, Marjúu levantou uma mão e leu.

– Caranguejeira: vela em forma de trapézio em uma embarcação.

– Caranguejo não é peixe, caranguejo peixe é... – cantarolou Benito no ouvido de Bruno, que precisou tapar a boca com a mão para segurar a gargalhada.

– Muito bem. Agora, alguém me diga o que é *hipocampo*.

– É um campo cheio de hipopótamos – Benito sussurrou para Tiara.

– Chega! – pediu Tiara, contagiada pelos gestos teatrais do amigo.

Marjúu notou que seu companheiro de carteira e os dois que se sentavam atrás riam discretamente sem conseguir evitar. Os três, por sua vez, o olharam sem entender por que ele não achava graça da piada. Como não queria se destacar do grupo, Marjúu riu também. Entretanto, enquanto ria, se inclinou para Benito e lhe chamou atenção.

– Pare com isso! Ela vai ver!

Mas já era tarde. A professora se aproximou lentamente da mesa dos alunos brincalhões e tocou um deles no ombro.

– Agora, vamos todos ouvir o que Benito tem a dizer. Ele está impaciente para falar desde que a aula começou. Então irá ler para nós o que encontrou no dicionário.

– Eu não... não o trouxe hoje, professora – desculpou-se o brincalhão, olhando de relance para a mão perfumada da professora.

– Por favor, alguém pode emprestar?

Muito séria, Tiara balançou a cabeça algumas vezes e colocou o pequeno volume em frente ao companheiro.

Apesar de ser moreno, o menino estava pálido. Ele pegou o pequeno livro, acompanhando o movimento das folhas com os olhos negros bem abertos, como se assim pudesse encontrar a palavra mais rápido. Tinha dificuldade até para separar as poucas páginas da letra "I". Depois de quase um minuto de busca, uma enorme letra "J" o fez acreditar que seu problema estava solucionado.

– Neste dicionário não tem, senhorita – ele afirmou, convencido.

– Tem certeza? – perguntou a professora, apontando para o quadro.

Benito olhou para a lista de palavras em que havia se transformado o último pedaço de giz verde. Foi então que percebeu a enorme letra "H" no início da palavra. Ao dar conta de seu erro, ele mordeu os lábios e abaixou a cabeça.

Alguém levantou a mão, pedindo para ler.

– Hipocampo: peixe de pequena dimensão cuja cabeça se assemelha à de um cavalo. O mesmo que cavalo-marinho.

Em algumas mesas houve risadas. A seguir, o silêncio foi total.

Benito sentou-se ao lado da mesa da professora até o fim da aula, diante dos olhares divertidos do resto da turma.

Após o segundo sinal, a sala ficou novamente vazia e a professora Rosa estendeu o braço e tocou o rosto escondido do menino.

– Você tem se comportado mal, Benito. E isso me preocupa bastante – ela disse, com voz suave, mas firme. – Tenho pensado em falar com seus pais, mas eles nunca podem vir às reuniões; então vamos resolver isso sozinhos. Vou te dizer o que faremos: eu te darei uma única oportunidade, mas você terá que me provar que merece passar de ano. Estudar não é uma coisa fácil, mas você precisa entender que se não estudar, qualquer coisa que você sonhar em alcançar nesta vida será uma utopia.

Benito a olhava de cima a baixo, como quando Chinchil destruía algo sem querer com a cauda e levava bronca de sua dona. Mas ainda assim se atreveu a perguntar:

– O que é uma utopia?

A professora acariciou o rosto do menino e o olhou como se tivesse descoberto algo.

– Você já vai saber – ela respondeu. – Vou te dar um trabalho especial que deverá entregar na segunda-feira. E agora, vá brincar com seus amigos.

A manhã foi passando com tranquilidade. Até soar o último sinal. No meio do burburinho, a professora pediu aos que pudessem que passassem a tarefa aos colegas ausentes.

– Por que será que faltaram tantos? – ela perguntou, mas ninguém a ouviu.

Não havia momento mais feliz numa sexta-feira do que a hora da saída da escola. O fim de semana começava assim que os pés tocavam a rua. Neste instante, os pombos que viviam nas marquises voavam assustados com a maré branca que invadia as ruas, e tudo se transformava em correrias e gritaria. Minutos mais tarde, a esquina ficava deserta e silenciosa.

Naquele dia, no entanto, um grupo de quatro alunos permaneceu no mesmo lugar durante muito tempo. A sombra da marquise já estava na escadaria quando o porteiro trancou o cadeado e foi embora.

Sentado no meio, Benito chorava com a cabeça entre as mãos.

– Vou repetir de ano! – dizia, inconsolável. – Vou repetir e vão me castigar!

Bruno quis saber que trabalho ele teria que apresentar.

Sem parar de chorar, Benito abriu o caderno e leu:

– Procurar no dicionário o significado da palavra "utopia". Escrever um texto relacionado ao tema. Ler em sala de aula.

Os amigos se olharam, preocupados, sem saber o que fazer. Queriam voltar logo para casa, mas sentiam que não podiam deixá-lo ali.

– Não é tão difícil! – exclamou Tiara. – Você tem quase três dias para isso!

Benito balançou a cabeça.

– Por que não?

– Meu pai está me esperando para trabalhar com ele. E só vamos voltar à noite.

– Se não pode hoje, faça amanhã – sugeriu Marjúu.

– Amanhã tenho que ir com ele a uma construção.

– E o que você faz nesses lugares?

– Misturo cimento com areia, separo ladrilhos e coisas do tipo.

– E a que hora vai terminar?

– Ele não me disse nada. Mas tenho que ajudar com o que aparecer. E depois, não sei. Sempre aparece outra coisa para fazer.

Bruno apoiou o braço pesado no ombro de Benito. Tiara se agachou na frente dele, dois degraus abaixo.

– Já sei! – Marjúu disse, tentando animá-lo. – Se você quiser, posso ajudar; assim será mais fácil. Você pode no domingo?

– No domingo, eu acho que sim – Benito respondeu. – Mas a professora vai perceber. Eu não sou bom para escrever.

– Não importa – disse Tiara, ajeitando o cabelo de um lado do rosto para fixá-lo com uma presilha em forma de jasmim. – No domingo nos reunimos lá em casa. Vou pedir ao meu avô Vladimir para nos ajudar. Vocês podem de manhã?

Todos responderam que sim, menos Marjúu, que ficou em silêncio, com o olhar fixo na flor do prendedor. De repente, a luz começou a brotar de seu corpo.

Bruno disfarçou e fez um gesto desesperado para o amigo, que estava na sombra e se sentou rapidamente em um degrau ao sol para que os outros não notassem o resplendor que saía de sua pele.

OS PRIMEI
ROS DIAS DE
SETEMBRO,
O VALE COME
ÇAVA A EN
FRENTAR O
TEMOR DE
UMA GEADA;
CONSEQUEN
CIA DAS MU
DANÇAS BRUS
CAS NA TEM

UM DESCONHECIDO NO CAMINHO

Nos primeiros dias de setembro, o vale começava a enfrentar o temor de uma geada, consequência das mudanças bruscas na temperatura.

Meses antes, na feira anual da cidade, os produtores se reuniram para conversar sobre os cultivos e informar-se das novidades agrícolas. Um especialista explicou que na primavera a perda de calor nos campos era particularmente perigosa. O que ocorria é que o ar mais próximo ao solo ficava mais frio que o da atmosfera e durante a noite essa diferença se acentuava ao máximo. Não havia nada que pudesse evitar que o congelamento chegasse à base das árvores e, principalmente, ao nível dos primeiros brotos de hortaliças. Dessa maneira, em poucas horas, o ar gelado podia abaixar e se instalar sobre os campos tão facilmente como uma galinha sobre seus ovos, destruindo uma plantação inteira em uma só noite. Era recomendado, então, que fosse instalado com o tempo algum sistema de calefação, como uma rede de artefatos conectados entre si ou individuais, alimentados com óleo diesel. Algo muito caro.

No final de um longo debate sobre modelos, chegaram a uma opção (a mais barata), que consistia na distribuição de um número suficiente de barris de petróleo, os quais seriam acesos entre os terrenos cultivados. No entanto, esse procedimento não era aconselhado devido à contaminação ambiental que causava, coisa que não acontecia com os modernos equipamentos importados que eram vendidos na cidade.

Na hora de analisar os custos, os proprietários que possuíam uma maior quantidade de terras no vale preferiram outra alternativa.

Mês após mês, os ponteiros do relógio avançavam lentamente, traçando milhares de círculos sem cessar. E agora, que não sobrava tempo para nada, a geada descia da montanha como uma mulher sinistra, cujo vestido se arrastava mortalmente sobre as plantações.

Queimar pneus deu resultado. A perda de calor noturna foi compensada por um grosso colchão de ar quente, que se estendeu por toda a plantação. Porém, os efeitos secundários não tardaram a aparecer.

Para os habitantes do vale, o cheiro da borracha queimada foi apenas o começo de uma jornada de pesadelos. A isso se seguiram as sujeiras mais difíceis, que se fixavam durante o dia nas roupas penduradas nas cordas, a fuligem acumulada nas fachadas e a necessidade de manter todas as aberturas fechadas para que a fumaça não entrasse nos quartos. Logo, até mesmo as plantações ficaram acinzentadas.

Acompanhado, como sempre, por Chinchil, Benito voltou da escola e passou pelo pasto onde tinha deixado suas ovelhas pela manhã. Na verdade, as encontrou graças ao olfato do cachorro, pois o que se via era muito pouco. À medida que subia a ladeira, olhava para trás e comprovava que o caminho estava debaixo de uma espessa cortina de fumaça, como o resto da paisagem. Seus olhos ardiam até lagrimejar e o nariz entupia, obrigando-o a abrir a boca. Não pôde sequer distinguir sua casa até estar a uns dez metros dela, tal era a escuridão, mesmo naquela altura.

Ao entrar, o menino viu o pai pendurado em uma janela, cobrindo-a com uma manta. Uma pessoa que não fosse do vale não poderia ficar na casa nem por um segundo. A densidade do ar carregado do forte cheiro das calotas que queimavam ali perto, nos campos semeados, tornava o ambiente irrespirável.

Com dificuldade para falar, Benito apontou para as ovelhas.

– As pobres estão negras de fuligem. Vamos dar banho nelas?

– Não. Para que, se mais tarde ficarão mais sujas do que isso? – resmungou o homem, passando o dedo sobre a mesa. Sobre a camada cinzenta que a cobria, restou um traço branco.

Benito riu; esfregou as mãos nos olhos avermelhados, na testa e nas bochechas. Olhou para a palma das mãos e ficou sério. Lavou-se imediatamente em uma bacia.

O irmão menor chorava nos braços da mãe e os outros estavam sentados no chão, tapando nariz e boca com trapos molhados. A mulher enxugou o rosto do filho mais velho com a ponta do vestido e falou distraidamente, como se pudesse esquecer da situação difícil em que se encontravam:

– O que aprendeu hoje, filhinho? – ela perguntou, sem parar de ninar o bebê.

– Uma história. A professora levou um livro e nos deu uma hora para desenhar. Tínhamos que completar palavras nos pontilhados, mas eu dormi.

– Como assim, dormiu? Isso não se faz, homem!

O menino se assustou, porque só o chamavam assim quando se irritavam com ele.

– Não sei, mas acabei dormindo – respondeu num sussurro, enquanto remexia na caixa de pão. – Mas Chinchil também se entediou, porque foi buscar comida na cozinha da escola. Eu o vi da minha carteira. Ele faz isso todo dia.

– E o que houve, então? – continuou a mãe, deixando de prestar atenção ao relato. Enquanto Benito respondia, o bebê abriu a boca como se fosse bocejar e deixou a cabeça cair sobre o peito, com os olhos em branco. – Pedro! Venha cá, veja isto, Pedro!

Um minuto depois, a família inteira descia a colina em direção à estrada. No meio da fumaça, Maria corria com o bebê nos braços, seguida por Benito, que acelerava os passos diminutos para conseguir acompanhá-la. Atrás deles, Pedro já havia colocado os pequenos no carrinho de sua bicicleta e, dando verdadeiros saltos, os levava caminho abaixo ante o olhar preocupado dos vizinhos que tentavam inutilmente ajudar em alguma coisa e, sem se dar conta, atrasavam o que devia ser uma corrida a toda velocidade.

A ladeira não era muito íngreme, mas era esburacada e pedregosa. Um pouco antes da descida, Pedro ergueu Benito para avançar mais rápido.

Dois quilômetros depois, já no caminho asfaltado, o casal estava exausto, com uma amarga sensação de fragilidade.

Uma alma bondosa (do tipo que nunca falta nessas regiões) passou dirigindo uma cintilante caminhonete verde e parou imediatamente.

– Vou para a cidade! – gritou o motorista, colocando a cabeça pela janela. – Querem carona?

– Foi o céu que te enviou, patrão! Obrigado! – gritou Pedro, com o rosto que parecia uma máscara de cobre recém tirada do rio.

– Obrigada! – Maria repetiu, inclinando a cabeça como se estivesse diante de um rei, enquanto se aproximava da porta oposta da cabine.

O homem que dirigia (tinha pouco mais de 20 anos e olhos claros) desceu para abrir a parte traseira da caçamba; por ali entraram Benito e seus irmãos, acomodando-se como podiam entre sacolas de cereais. A viagem reiniciou e não demorou para o caminho começar a escurecer.

– Quanta fumaça! Onde será o incêndio? – o homem perguntou a Pedro, que olhava desesperado para a esposa e o filhinho. Maria parecia não ter mais ouvidos para nada além da respiração entrecortada do filho e ficou em silêncio. Foi aí então que o jovem se deu conta de que não era um bom momento para conversar e ao reparar o aspecto do bebê compreendeu a gravidade da situação em toda sua magnitude.

– Não, não é um incêndio – respondeu Pedro. – É borracha queimada. Teve geada esta noite e a fumaceira não se vai fácil.

O rapaz parou um instante e colocou a mão na testa da criança. A seguir, levantou suas pálpebras e olhou dentro de sua boca. Enquanto acelerava novamente, ajeitou o espelho retrovisor. Aproveitou então para observar os pequenos, sua roupa humilde e pés descalços. Ele franziu a testa como se estivesse tentando armar um quebra-cabeça na mente. Às suas costas, Benito estava sentado sobre bolsas de milho, olhando a estrada que se distanciava, ficava estreita e desaparecia por trás das árvores tremulentas.

– Mas estamos acostumados. Todos os anos é a mesma coisa – Pedro acrescentou.

O cansado chol parecia olhar sem ver. Estava tão quieto que em seus olhos se moviam apenas duas cópias da estrada em miniatura. Em sua testa, impulsionada pela aceleração, uma gota de suor saía por entre uma das rugas horizontais e deslizava por um labirinto de pele quase dourada, juntando-se a outras gotas; ou descia por uma espécie de funil sobre o nariz largo, para percorrer as bochechas como se fosse uma lágrima.

– É a mesma coisa todos os anos, senhor...

Nesse momento, o caminho era de subida. O jovem colocou a cabeça pela janela. O ar quente atingiu seu rosto como o suspiro de um dragão. Só se viam alguns metros mais de estrada e mais à frente, na linha do horizonte, o azul da tarde que findava.

De repente, como se elevada por uma balança de cargas e ocupando toda a visão, a cidade emergiu como um imenso bloco, levantando um bosque de edifícios.

– Será mais conveniente ir até o centro – sugeriu o motorista. – Lá há um bom hospital, senhora.

– Não! Vamos para o posto de primeiros socorros! Para o posto! – repetiu Maria, como que hipnotizada.

– Está bem. Não conheço esta região. Mas se você me guiar...

– Já chegamos! É ali, onde está aquele cartaz com a cruz.

– Mas ali não há nada – disse o rapaz, olhando para a faixa violeta formada pela centena de flores silvestres que rodeavam a placa.

– Não. É a partir daqui que caminhamos para o lado do rio.

Seguiu-se um longo silêncio, carregado de perplexidade.

– Me parece que o melhor a fazer – disse o jovem, tirando o pé do acelerador – é vocês me indicarem por onde devo ir. Estão me aguardando na cidade, mas não me custa nada levá-los até a porta. Como poderiam ir caminhando?

Enquanto Maria, muito agradecida, lhe explicava, Benito colocou o rosto pela janelinha traseira e bateu no vidro com os dedos dobrados. O motorista se virou, olhou por cima do ombro e sorriu para o menino, com um gesto tranquilizador.

– Sendo assim, está combinado: seguimos até o posto – anunciou o rapaz, notando que o pai dos meninos já se preparava para saltar. – Será mais rápido.

A caminhonete pegou uma trilha de terra esbranquiçada, um caminho formado por tantas pessoas passarem pelo mesmo lugar diversas vezes até que a grama desaparecesse. Do outro lado de uma fileira de árvores, a uns 500 metros de distância, ficava o posto (uma casinha pintada com cal). Lembrava um torrão de açúcar esquecido em cima de uma mesa de bilhar.

Várias pessoas esperavam a vez sentadas em fila sob a marquise da entrada. Imediatamente desviaram os olhares da porta e observaram a correria dos recém-chegados.

Enquanto Pedro e o rapaz ajudavam os meninos a descer, Maria agradecia com toda a gentileza que a pressa lhe permitia.

O motorista inclinou a cabeça com um gesto amável.

– Melhoras para o pequenino, senhora! – ele disse.

O pai de Benito, quase chorando de agradecimento, se aproximou da cabine pelo lado do motorista e estendeu a mão.

– Pedro Carranza, ao seu dispor, patrão.

– Meu nome é Dardo, amigo. Que tudo dê certo!

O motor foi ligado. A caminhonete girou lentamente, pegou a estrada de volta e acelerou. Do caminho, o rapaz se abaixou para olhar pelo espelho retrovisor. Sorriu satisfeito por ter começado a manhã dessa maneira estranha e, antes de pisar fundo no pedal, olhou mais uma vez para guardar em sua mente a imagem do posto humilde. Se surpreendeu um pouco ao ver que a mulher saía com o bebê nos braços e tomava um lugar no final da fila, rodeada por toda a família.

Sem parar para pensar, Dardo freou e acelerou de marcha à ré de volta à entrada.

– O que houve? – perguntou da janela.

Em dois passos, Pedro estava diante dele para responder.

– Disseram que não tem médico! Que ele faleceu na semana passada. A enfermeira está sozinha e não dá conta de tanta gente.

Sem perguntar mais nada, o rapaz saiu do carro. Decidido, caminhou até a entrada e bateu com força na porta. Nesse instante saiu um menino, de cabeça enfaixada. Ainda com manchas de sangue na camisa, chorava e gritava, acompanhado por uma idosa que tentava consolá-lo. Atrás deles vinha uma mulher de avental branco e expressão cansada, que fez sinal a Maria para que entrasse.

– Agora não posso atendê-lo, senhor – desculpou-se a enfermeira. – Por gentileza, sente-se aí fora até que eu o chame. Desculpe, mas estamos sem médico.

Em silêncio, Dardo voltou à caminhonete. Pegou algo no porta-luvas e voltou com um estetoscópio nos ombros. No momento seguinte, estendia uma credencial diante dos olhos da mulher.

– Não estão mais – ele disse, com um sorriso.

A MAIORIA
DOS MENINOS
NÃO SABIA
DISSO, MAS
A ESCOLA
ABRIA NOVA
MENTE A NOI
E. HOMENS
E MULHERES
QUE NÃO PU
DERAM ESTU
DAR NA IN
ÂNCIA FRE

UMA NOITE NA ESCOLA

A maioria dos meninos não sabia disso, mas a escola abria novamente à noite. Homens e mulheres que não puderam estudar na infância frequentavam as aulas para aprender a ler e a escrever.

A série em que a professora Rosa ensinava espanhol (e às vezes Matemática, Geografia e até Anatomia) estava cheia de histórias. As cadeiras eram ocupadas por alunos de diferentes idades. Cada qual chegava por um motivo diferente, às vezes muito simples e às vezes incrivelmente complexo.

Ali estava Abel, que havia abandonado os estudos por pura preguiça. Depois de sofrer durante muito tempo as consequências de não saber multiplicar nem dividir, compreendia (arrependido) que o saber era mais importante do que havia imaginado.

"Feijão" (que nem sequer tinha um nome) era um rapazote que se criara sozinho, nas ruas, pedindo esmolas e juntando papelão para sobreviver. Um engenheiro que havia cursado o primário naquela escola o havia levado até ali, depois que ele limpara o para-brisa de seu carro.

Giovanni era o mais velho de seis irmãos, dos quais tivera que cuidar após perder os pais em um acidente. Agora, aos 50 anos e longe da Itália, sua terra natal, queria começar uma vida nova.

Yanar era uma mulher que ia à aula com seu bebê, porque não tinha com quem deixá-lo. Vinha de um país distante, da Ásia, chamado Iraque. Ela precisava aprender o idioma para poder trabalhar. Em cada aula, antes de abrir o caderno, costumava se ajoelhar e beijar a mesa.

Havia ainda dezenas de histórias dignas de transformarem-se em novelas. Alguns alunos levavam uma flor ou uma maçã para a professora, se desculpavam pela maneira humilde com que podiam agradecer tudo o que ela fazia por eles e lhe diziam (às vezes com gestos) que não havia ouro no mundo para pagar tanto amor.

Para Rosa (que diante dessas demonstrações de carinho, acabava sempre com lágrimas nos olhos), as horas de descanso perdidas para cumprir essa missão noturna se compensavam com cada sorriso que lhe dirigiam. No fundo de seu coração, a professora pensava que dessa maneira devolvia ao mundo um pouco do que havia recebido. E essa certeza ficava mais firme quanto mais histórias tristes e incríveis ouvia dos lábios de seus *alunos grandes*. Quem sabe foi por essa razão que a presença de Marjúu, parado junto à porta não lhe surpreendeu muito.

Quando a última pessoa saiu da sala, Rosa fez sinal para que o menino se aproximasse.

– Oi, Martin! O que está fazendo aqui na escola a esta hora? – ela perguntou, enquanto pegava umas moedas na bolsa para o ônibus.

– Nada... Passava e entrei para cumprimentá-la – disse timidamente, e ao ver que a professora o encarava, desviando os olhos das pastas e fichas, apressou-se a revelar o verdadeiro motivo pelo qual estava ali. – E, já que estou aqui, queria perguntar sobre o Benito.

– O que houve com Benito?

– Nada. A senhora passou para ele um trabalho para entregar na segunda-feira. Eu não sabia, mas ele trabalha. Ajudando o pai, que é pedreiro.

– Sim, eu sei. Crianças não deveriam trabalhar; no entanto, há situações em que elas não têm alternativa. Isso é algo que precisa mudar, mas, o que isso tem a ver contigo?

– Nada. Ele vai trabalhar todo o fim de semana. Nos disse que hoje mesmo, depois da aula, já teria que acompanhar o pai.

– "Nos disse"? Para quem?

– Para Tiara, Bruno e eu. Então, eu pensei que se a senhora nos desse permissão, poderíamos ajudá-lo com a tarefa. Ele gosta da escola, mas não tem tempo de estudar. Por causa do trabalho, quero dizer. Se a senhora deixar, Tiara, Bruno e eu poderíamos dar a aula de segunda com Benito. Ele não quer repetir de ano!

Rosa largou a bolsa e as pastas sobre a mesa. Depois sentou-se e cruzou os braços. Olhou bem para Marjúu e, por fim, levou a mão à boca e tossiu antes de falar.

– É o Benito quem deve conseguir a nota para passar de ano, e não vocês.

– É ele mesmo quem vai conseguir, professora! – afirmou Marjúu, balançando a cabeça várias vezes para cima e para baixo. – A única coisa que vamos fazer é nos reunir para ajudar. Mas a redação, quem vai escrever é ele. Eu prometo!

Rosa inspirou profundamente. Remexeu suas coisas, assoou o nariz e sorriu, com os olhos avermelhados.

– Vamos fazer o seguinte – com o lenço ainda na mão, ela traçou um círculo no ar. – Darei permissão a vocês para que exponham o trabalho em aula junto com o Benito. Mas só darei nota para ele, está bem?

Marjúu sorriu, mostrando todos os dentes e estendeu um braço para ela.

– Só mais uma coisa – disse Rosa, enquanto lhe dava a mão como se tivessem feito um acordo. – Por que você veio falar comigo?

Marjúu ergueu as sobrancelhas e olhou para o chão: não havia pensado que ela pudesse perguntar isso.

– Não sei... Se eu fosse o Benito e estivesse sozinho para tudo, eu gostaria que meus amigos me ajudassem.

Rosa segurou entre as mãos aquele pequenos dedos. Por um instante, pareceu que um brilho prateado brotava entre eles. Evidentemente que sua vista estava cansada, pelo adiantado da hora.

– Ah, Martin... Você é tão bom. Acho que devia ter nascido em outro planeta.

Marjúu arregalou os olhos. Nesse exato momento, se sentiu compreendido como nunca. Retirou lentamente a mão, disse "obrigado" e saiu correndo, feliz.

Rosa o observou enquanto ele se afastava até desaparecer atrás da porta. Depois, pegou sua agenda e procurou o número do oftalmologista.

ENQUANTO
APRECIAVA A
NOITE DA JA
NELA DO QUAR
TO, MARJUU
PENSAVA. EM
SUA MENTE,
AS IMAGENS
GIRAVAM EM
SUA MENTE,
FAZENDO SUR
GIR UMA ES

UM SONHO

Enquanto apreciava a noite da janela do quarto, Marjúu pensava. Em sua mente, as imagens giravam, fazendo surgir uma esfera de visões.

Seu coração era uma pequena bola de cristal de mil facetas que espalhava cores por todo o quarto apenas com a força do seu pensamento. Ali aparecia o rosto triste de Benito, com enormes lágrimas que caíam sobre o caderno aberto e borravam a tinta com a qual a professora Rosa havia escrito a tarefa... os olhares incrédulos de Bruno ao voltar da escola e descobrir que eram essas criaturas peludas de olhos luminosos que o assustaram tanto... e o sorriso doce de Tiara, quando virava a cabeça de lado em câmara lenta, movimentando o cabelo comprido e brilhante que as delicadas mãos prendiam com uma flor...

Marjúu colocou os braços para trás da nuca e, suspirando, se deixou cair sobre a cama. Concentrou-se em fazer o teto ficar branco e projetou ali o rosto da menina, como numa tela de cinema.

"Domingo nos vemos em casa!" – a voz soou várias vezes em seu coração. Logo, o eco se dissolveu.

À medida que o sonho avançava, os olhos de Tiara se transformaram nos olhos da professora Rosa, e em vez das pequeninas mãos que prendiam o cabelo, apareceram as mãos grandes e perfumadas da professora, que com um gesto pareciam dizer-lhe que havia descoberto seu grande segredo.

Pouco a pouco foram desfilando, mesa por mesa, os rostos daqueles alunos adultos que inclinavam a cabeça sobre os cadernos, escreviam com dificuldade e voltavam a olhar em frente. A visão se deteve na mulher de lenço preto na cabeça, que ninava o bebê enquanto se esforçava por copiar do quadro o círculo com raios ao lado da palavra "sol". Marjúu pensou em como seria bonito se todas as pessoas deste estranho planeta em que vivia pudessem desfrutar do Sol do mesmo modo, sem fome, sem idiomas diferentes, sem guerras.

Nesse momento, a porta do quarto se entreabriu.

Um dos mascotes que assustara Bruno saltou sobre a cama e apoiou o focinho peludo no ombro de Marjúu. O animal pareceu falar em seu ouvido, porque abriu e fechou a boca várias vezes, emitindo um som muito engraçado. Parecia a gravação de uma voz em alta velocidade.

Em meio à penumbra, Marjúu sorriu e olhou para os dez olhos luminosos que o observavam.

– Sim, você vai ver. Algum dia será assim – disse o menino.

A criatura misteriosa se levantou e deixou cair os ombros; baixou todas as pálpebras e se acomodou para dormir sobre o peito do dono.

Acima dele, na tela junto ao teto, os olhos da mulher de lenço preto se transformaram lentamente nos de Tiara. Ao mesmo tempo, o bebê se transformou no jasmim que prendia o cabelo ondulante da menina.

Do lado de fora, no jardim, uma folha grande se soltou de alguma árvore distante e voou em zique-zague. No caminho, bateu em cascas ásperas e em fileiras de cogumelos vermelhos. Finalmente, ao cair, roçou nas flores de laranjeira, escorregou por trevos e terminou presa entre duas pedras redondas e lisas.

Marjúu não precisava olhar para fora para saber disso. Simplesmente, era capaz de ouvir a vibração, o toque da folha seca que fazia eco nos troncos secos e finalmente o roçar sobre a laranjeira e as flores. Sentia o perfume adocicado e penetrante das flores da laranjeira.

O perfume sobressaía como um punhado de gotas salpicadas, de repente, sobre o que até então tinha cheiro de jasmim.

"Domingo nos vemos em casa!", a voz de Tiara soou novamente.

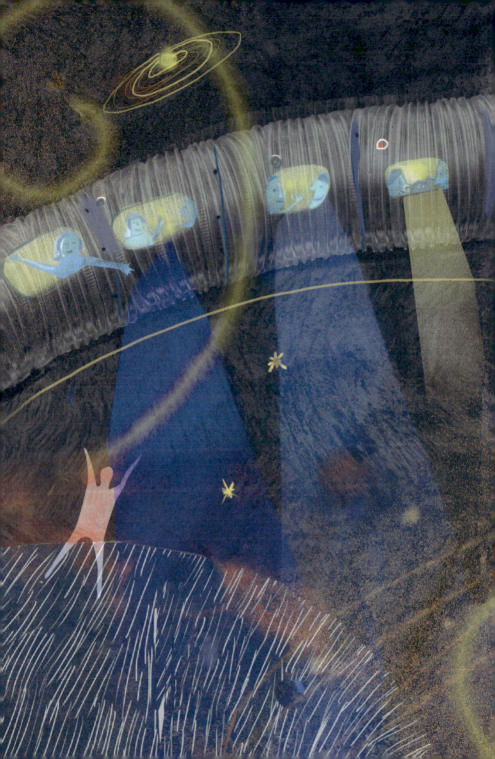

Lentamente, o sono veio.

Saturno estava mais colorido que nas outras noites. Estava distante, bem abaixo, no fim dos trilhos. Durante o caminho para cima, o trem parou várias vezes.

Em uma nuvem de lixo espacial, quatro crianças procuravam latas entre as estrelas, as esmagavam com o pé e as colocavam em sacolas maiores que elas próprias. Ao ouvir a sirene da locomotiva, elas se viraram, surpresas. Viram centenas de crianças de sua idade fazendo sinal para que subissem. Os quatro seres olharam para os lados, temerosos, entreolharam-se e imediatamente abandonaram suas latas e correram para um carrinho em que cintilavam quatro lugares vazios.

Pouco depois, subiu um casal de irmãos que tinham entre 6 e 7 anos. Abriam as portas das naves espaciais e estendiam as mãos para receber uma moeda dos astronautas que desciam. Quando o trem parou e lhes fez sinal, pensaram incrédulos que a chamada era para outras pessoas. Mas, no final, correram para sentar, numa felicidade imensa. Fizeram uma infinidade de paradas. A última foi para recolher um menino ao qual lhe empilhavam tijolos nas mãos até que os ombros começaram a se dobrar.

– Benito! Quer vir com a gente? – gritou Marjúu, que ia sentado no primeiro banco do trem, atrás do maquinista.

O menino inclinou-se, olhou para o pedreiro grisalho e bochechudo que construía a parede ao lado do meteorito azul. O homem enxugou o suor do rosto; olhou sério para o filho, mas ao ouvir o pedido em coro dos passageiros do trem, segurou ele mesmo a carga de tijolos nos braços fortes e sorriu. Benito o abraçou e beijou e correu para se juntar aos amigos.

O trem atingiu a velocidade da luz, deteve-se por uns segundos no ponto mais alto da montanha-russa fosforescente e as crianças que estavam sentadas atrás de Marjúu, Tiara e Bruno, se prepararam para gritar com toda a força de seus pulmões, enquanto o vento cósmico batia em seus rostos.

Lá embaixo, os anéis de Saturno brilhavam como nunca e pareciam cada vez maiores e coloridos. Durante a queda vertiginosa pelos trilhos de ouro, os passageiros uivavam de prazer e felicidade.

Marjúu sentou na cama, agarrando-se a uma grade invisível. Seu próprio grito o despertou.

De um lado do travesseiro, seu companheiro peludo abriu os dez olhos cor de mel. Aproximou o focinho da orelha do menino e disse algo.

– Sim, você verá – respondeu Marjúu. – Algum dia será assim!

E os dois voltaram a dormir.

QUANDO O ÚLTIMO PACIENTE DEIXOU A SALA DE PRIMEIROS SOCORROS, O NOVO MÉDICO SE EMPENHOU EM TRANSFORMAR O LUGAR EM UM CONSULTÓRIO DE VERDADE

A DESCOBERTA DE DARDO

Quando o último paciente deixou a sala de primeiros socorros, o novo médico se empenhou em transformar o lugar em um consultório de verdade. Enquanto verificava os registros médicos, que a princípio eram feitos em folhas de cartolina e depois em simples pedaços de papel com anotações sobre quem tinha sido atendido, ele pensou que era essencial abrir um arquivo e colocar tudo em ordem alfabética e por data. Assim haveria um registro individual bem organizado e seria muito mais rápida qualquer pesquisa.

Horas mais tarde, ao terminar o trabalho, lhe chamou sua atenção que as consultas das últimas semanas tinham sido feitas por pessoas que sofriam dos mesmos sintomas: tonturas, náuseas, dor nas articulações, ardência ao respirar. Ele olhou as idades. Com exceção de alguns poucos casos, eram todos crianças. Dardo estendeu o braço esquerdo para que a manga do avental descesse e o deixasse ver o relógio. Eram 10 horas da noite. Ele buscou no guia o telefone da única escola na área e ligou, sem muita esperança de que o atendessem. No entanto, alguém atendeu.

– Alô. Pois não, senhor. – disse a professora, um pouco rouca por ter dado aula o dia todo. – Sou eu. Meu nome é Rosa.

– Ah, muito prazer! – exclamou o jovem, que também tinha a voz tomada pelo cansaço. – Peço desculpas por incomodá-la a esta hora. Eu sou novo no vilarejo e acabo de organizar as coisas do médico anterior. Na verdade, preciso me encontrar com a senhora para falar sobre algo que me chamou a atenção sobre as crianças. É algo complicado para perguntar pelo telefone, então eu gostaria de saber se posso vê-la amanhã, que é sábado e não tem aula. Preciso de alguns dados e a senhora é a única pessoa que poderia me ajudar, porque tem contato diário com as famílias desta região. Poderia vir aqui amanhã à tarde? Ou posso passar para buscá-la onde quiser com minha caminhonete. Deixe que eu me explique melhor... Solicitei várias análises com urgência e o laboratório da cidade irá entregá-los ao meio-dia. Gostaria de ver os resultados com a senhora, se não tiver outro compromi...

– Claro que sim! – Rosa concordou. – Tenho tido bancos vazios todos os dias! É algo que me preocupa, porque não vejo algumas crianças há dias e não tenho como ir às suas casas. Talvez você seja o único que possa me ajudar!

– Muito bem, senhora. Então a vejo amanhã. Que tal às... quatro? É um bom horário?

– Sim. Estarei aí, doutor.

Para Dardo, a pressa tinha razão de ser. Por um lado, a tosse e a ardência nos olhos eram sintomas lógicos em uma região onde se queimavam pneus para combater a geada. Por outro lado, havia notado uma fraqueza geral em todas as consultas; a maioria de antes do tempo frio. Portanto, nem tudo podia ser explicado pela fumaça. Havia algo estranho. E se era o que ele suspeitava, dois dias podiam significar muito tempo. Pensando bem, estava feliz por ter pedido que a enfermeira tirasse uma amostra de sangue de toda a família Carranza.

Na tarde seguinte, em sua mesa, sete análises provaram ao médico que ele não tinha exagerado em seu pressentimento. Ele preparou um café e continuou lendo enquanto fazia anotações e desenhava algo em uma folha quadriculada.

O cochilo silencioso foi perturbado algumas vezes pelo chilrear de algum pássaro ou pela passagem de um bando de patos ao longe. Em meio a tanta tranquilidade, as duas badaladas do sino de bronze foram um verdadeiro choque. Dardo passou um pano sobre a pasta na qual havia derramado o café. A seguir abriu a cortina da janela. Do lado de fora havia uma moça ao lado de uma bicicleta. Não trazia nenhuma criança pela mão nem parecia doente. Pelo contrário, seu rosto era o de uma jovem estudante saudável. Um pouco irritado com a interrupção inesperada, o médico abriu a porta.

– Boa tarde – ele cumprimentou.

– Boa tarde – disse a garota, sorrindo. – O médico está?

– Sim, sou eu.

Muito surpresa, Rosa estendeu a mão com a qual segurava a bicicleta, e enquanto a deixava cair em câmera lenta em direção ao lado do caminho tomado por trevos, tornou a cumprimentá-lo.

– Eu sou a professora. Encantada.

– Rosa? Você é a Rosa? – ele perguntou, franzindo a testa. A campainha do guidão soou ao bater no chão.

Os dois se abaixaram para levantar a bicicleta e, ao pegá-la no mesmo lugar, seus dedos se tocaram. De uma maneira curiosa, deram as mãos através das correntes e começaram rir, envergonhados como crianças.

Meia hora mais tarde, diante de uma pilha de papéis e livros abertos, os jovens comiam fatias, um pouco queimadas, de torrada com manteiga e bebiam o segundo café com leite.

– Sou a professora encantada! – zombou Dardo, enquanto preparava mais torradas em um forno rudimentar.

– Não, não é verdade! Eu separei bem as palavras! – reclamou Rosa, simulando uma raiva que a deixou ainda mais bonita. – O que aconteceu é que me surpreendi. Vim aqui achando que iria encontrar um velho de barba branca... sua voz soou tão diferente ao telefone!

– Ora, ora... – Dardo trocou o sorriso por um gesto de seriedade. Abriu espaço na mesa para a tigela, sentou-se e pegou um dos exames. – Vejamos este aqui. Agora que você me contou sobre problemas de aprendizagem com seus alunos, como Benito, não tenho mais dúvidas. Está vendo este número da esquerda? Representa o nível normal de toxinas no sangue, ou seja, o que o corpo pode aceitar sem adoecer. O número da direita é o que esse menino tem hoje. Quase o dobro!

– Toxinas? Como pode? Este vale tem o ar mais puro do mundo e as pessoas daqui só comem pão, verduras e frutas. Na cidade, há centenas de carros, escapamentos abertos, chaminés, aerossóis, alimentos com conservantes. Por lá existe toxinas para onde se olhar, mas aqui...

– Pensei o mesmo que você. Na verdade, a criança que trouxeram ontem não foi o Benito, mas um bebê, irmão dele. Pelos exames, eu achei que talvez essa criança tivesse se intoxicado com algo estragado, ou levado à boca um pedaço de chumbo ou gotas de mercúrio de um termômetro quebrado. Essas coisas podem ocorrer com crianças pequenas.

– Aqui todo mundo leva uma vida tão saudável! – insistiu Rosa. – Além disso, esse bebê é alimentado somente com leite materno. Há mais chance de um meteorito cair em meu jardim do que esse menino estar envenenado!

– Concordo – disse Dardo, ajeitando os exames lado a lado para colocar uma régua grande de madeira por cima. – Agora olhe para os valores de toxinas que têm esta família. Estão todos quase como Benito. Se eles tivessem comido algo ruim, de uma só vez, já estariam mortos. Meu palpite é que eles foram envenenados tão lentamente que o organismo de cada um teve tempo para criar defesas contra esse veneno. Ontem, a fumaça foi a causa da asfixia do bebê. Foi fácil salvá-lo. No entanto, o maior problema desse menino não vem do ar; é algo que ele está consumindo. Não me refiro só a ele, mas a toda a família.

– Mas ainda assim o bebê... – Rosa pensava em voz alta.

– Ainda toma o leite da mãe – Dardo completou. – Isso nos indica uma coisa só: seja o que for que afeta a família, também está no leite. É tão simples quanto somar um mais um. Os exames mostram claramente; tudo que você tem a fazer é prestar atenção neles.

Rosa o olhou com uma mistura de ternura e admiração. A seguir se levantou, cortou várias fatias de pão e levou ao forno a travessa cheia. Alguns minutos se passaram. Dardo terminava de desenhar um gráfico quando surgiu diante dele uma vasilha cheia de torradas douradas, sem nenhuma borda queimada. Enquanto passava manteiga em uma e a oferecia a ele, Rosa observava as colunas desenhadas e os números na parte inferior de cada uma.

– Veja isso – apontou Dardo. – No início deste ano, o número de consultas era normal, e se manteve mais ou menos igual até aqui. De repente, as colunas começam a ser mais altas. As brancas são por acidente de trabalho, ferimentos, mulheres que se queimaram na cozinha. As pretas correspondem a pessoas com náuseas, dores de estômago, olhos irritados, dor nos ossos.

– Como você conseguiu tanta informação? – Rosa perguntou, espantada.

– O médico anterior foi muito detalhista em suas anotações. Suponho que a princípio tenha pensado em manter um registro por paciente e, em seguida, por falta de elementos, continuou como foi possível. Além disso, em algum momento começou a ter muito trabalho e não pôde mais manter uma organização como desejava. De qualquer forma, fez um bom trabalho.

Após servir duas xícaras de café e adicionar o leite de cabra encontrado na geladeira, o médico e a professora analisaram a folha quadriculada. Em um dos pontos, as colunas pretas subiam como arranha-céus, bem acima das brancas.

– O que terá acontecido neste ano? – perguntou Rosa.

– Diga-me você – respondeu Dardo. – Você deve ter a resposta na ponta da língua e não sabe disso. Você já trabalhava no vale?

– Sim, mas não me lembro de ter acontecido nada anormal.

Dardo fixou os olhos nas vigas de madeira do teto. Terminou de saborear seu pão crocante e andou em círculos até parar ao lado da janela. Puxou a cortina e ficou observando, ao longe, o amarelo tremulante do trigo.

– Suspeito que a resposta esteja diante de nossos olhos – ele disse.

O PRIMEIRO A
CHEGAR FOI
MARJUU.
IARA ESTA
VA BONITA:
SAPATILHAS
BRANCAS,
JEANS AZUL.
E BLUSA QUA
DRICULADA.
TINHA FEITO
TRANCAS FI

se queimaram na cozinha. As pretas correspondem a pessoas com náuseas, dores de estômago, olhos irritados, dor nos ossos.

– Como você conseguiu tanta informação? – Rosa perguntou, espantada.

– O médico anterior foi muito detalhista em suas anotações. Suponho que a princípio tenha pensado em manter um registro por paciente e, em seguida, por falta de elementos, continuou como foi possível. Além disso, em algum momento começou a ter muito trabalho e não pôde mais manter uma organização como desejava. De qualquer forma, fez um bom trabalho.

Após servir duas xícaras de café e adicionar o leite de cabra encontrado na geladeira, o médico e a professora analisaram a folha quadriculada. Em um dos pontos, as colunas pretas subiam como arranha-céus, bem acima das brancas.

– O que terá acontecido neste ano? – perguntou Rosa.

– Diga-me você – respondeu Dardo. – Você deve ter a resposta na ponta da língua e não sabe disso. Você já trabalhava no vale?

– Sim, mas não me lembro de ter acontecido nada anormal.

Dardo fixou os olhos nas vigas de madeira do teto. Terminou de saborear seu pão crocante e andou em círculos até parar ao lado da janela. Puxou a cortina e ficou observando, ao longe, o amarelo tremulante do trigo.

– Suspeito que a resposta esteja diante de nossos olhos – ele disse.

O PRIMEIRO A CHEGAR FOI MARJUU. CIARA ESTAVA BONITA: SAPATILHAS BRANCAS, JEANS AZUL E BLUSA QUADRICULADA. TINHA FEITO TRANÇAS FI

AS UTOPIAS

O primeiro a chegar foi Marjúu.

Tiara estava bonita: sapatilhas brancas, *jeans* azul e blusa quadriculada. Tinha feito tranças fininhas que a todo momento cobriam a testa redonda e os olhos brilhantes. Seus pais acabavam de entrar no carro para ir à cidade e fazer a compra semanal.

– Voltaremos em duas horas, filha. Qualquer coisa urgente, ligue para o nosso celular – disse o homem, ligando o carro. A seguir, colocou a cabeça para fora da janela e acenou. A esposa fez o mesmo. – Foi um prazer conhecê-lo, Marjúu! Até logo!

A menina abriu a porta de casa e sorriu.

– Você chegou cedo! Bem na hora do café da manhã! Venha, vou te apresentar ao meu avô.

O jardim cheirava a rosas e a terra molhada. No fundo havia um homem de colete e cabeça branca. Regava as plantas com tanto cuidado, que parecia estar escrevendo com o jato de água da mangueira. Tiara deu um leve puxão no cinto que franzia o tecido cinza em suas costas.

– Vovô, este é um amigo da escola!

O idoso virou-se e inclinou o corpo lentamente, como se carregasse uma mochila invisível de alpinista.

– Ah, que surpresa! – ele disse, sorrindo e esticando a mão livre. – Meu nome é Vladimir e o seu?

– Meu nome é Martin Júlio, mas meus amigos me chamam de Marjúu.

– Muito bem. Então faremos de conta que nos conhecemos há muito tempo e que sou seu amigo.

O homem falava com um sotaque estrangeiro. Quando falava, lembrava um lenhador com seus troncos, pois parecia que serrava as palavras quando as pronunciava.

– Tomou o seu chá, vovô?

– Sim, querida. Obrigado. Podem ir que já os alcanço. Ainda falta meio jardim para eu terminar.

O interior da casa estava quente. O chão de madeira parecia ter acabado de ser encerado e toda a sala tinha um cheiro agradável de lustra-móveis.

Tiara saiu da cozinha com uma bandeja de copos, pratos e talheres. Marjúu apressou-se a pegar uma das alças e a ajudou a acomodar mais algumas coisas, incluindo vários livros, que foram aparecendo sobre a mesa.

– Você gosta de chá com leite? – ela perguntou. – Ele assentiu com a cabeça várias vezes.

Então Tiara envolveu a alça do bule com uma grossa luva de lã florida e o serviu.

No ar, o cheiro do lustra-móveis foi encoberto pelo aroma das folhas recém-colhidas do chá. Marjúu levantou as sobrancelhas e olhou fascinado para o fio de leite caindo da jarra de vidro esculpido. Em seu copo, a cor foi se transformando de escura para clara.

Eles conversaram sobre o trabalho, a professora Rosa e a escola noturna. Em 15 minutos, os assuntos relacionados à escola terminaram.

Lá fora, o avô Vladimir continuava regando as roseiras. Algumas nuvens escureceram o céu, mas rapidamente seguiram seu caminho e a sala de jantar voltou a se iluminar.

– Qual é a cor dos seus olhos? – perguntou Marjúu. – Nunca consegui descobri.

Tiara olhou para ele, surpresa e lisonjeada.

– Você é a primeira pessoa que nota! Eles mudam de cor de acordo com o tempo. Em dias de sol são cinza, mas se está nublado são quase azuis e, às vezes, quando chove, parecem esverdeados. A verdade é que eu também não sei dizer.

Os dois riram. Ela contou a ele como, durante o dia, a cor azul-clara de algumas flores mudavam de cor, para o azul escuro ou violeta.

Marjúu mordeu os lábios. De repente, teve um pressentimento e achou que deveria tirar a dúvida.

– Tiara... Seus pais... nasceram na Terra?

– O quê?!

O garoto imediatamente percebeu que tinha cometido um erro e tentou corrigir o quanto podia.

– Quero dizer... se eles nasceram na terra... do seu avô.

Nesse momento, Vladimir entrou na sala com o copo vazio nas mãos.

– Já que você perguntou, meu jovem, vou te responder que não – disse o avô, enquanto a neta o ajudava a sentar na cabeceira. – Eu nasci na Europa; depois vim para a América, casei e tive um filho, que é o pai desta princesa.

Tiara abaixou os olhos e brincou com as tranças.

– E você, nunca mais voltou?

– Nããão! No início, foi difícil e muito duro. Eu nem sequer falava o idioma. Era como viver em outro mundo! – exclamou Vladimir, levantando os braços. Marjúu ergueu as sobrancelhas e mordeu os lábios. – Você pode imaginar como eu me sentia?

Marjúu estava prestes a dizer sim, mas foi interrompido por uma campainha.

– Bruno e Benito chegaram! – avisou Tiara. – Vou abrir a porta.

– Por sorte – continuou Vladimir – apareceram pessoas boas que me ajudaram.

– Na minha escola temos a professora Rosa. De dia ela nos dá aula e à noite ensina pessoas adultas a ler e a escrever. Algumas são de outros países.

– Ah... Sua professora deve ser um anjo!

Tiara entrou com os recém-chegados e fez as apresentações. No caminho tinha ouvido a última parte da conversa.

– Conte a eles tudo o que você estudou, vovô!

Bruno e Benito sentaram-se e encheram suas xícaras de chá fumegante com leite.

– Eu não sei – hesitou Vladimir. – Não quero aborrecê-los ou atrasar o trabalho de vocês. No entanto, posso lhes contar algo que poderá servir para o trabalho que vão fazer sobre utopias.

– Sim! Conte, vovô!

– Está bem. Quando eu saí do barco, eu não tinha nada nem ninguém. Andei de um lado para o outro, me fazendo entender por sinais e gestos – Vladimir recordou e, para dar um exemplo, juntou os dedos da mão e os levou à boca aberta várias vezes. – Eu fazia assim quando precisava comer. Depois, ao longo do tempo, aprendi o ofício de mecânico enquanto fazia a escola primária. Eram todos mais jovens que eu e debochavam de mim, mas eu não me importava. Terminei e entrei no Ensino Médio. Terminei e fui para a faculdade. E passei a me sustentar! O primeiro diploma da família!

– O que você estudou? – perguntou Bruno.

– Ah... Filosofia e Letras.

– Meu avô é um filósofo. Ele publicou livros!

Todos se olharam, sem saber do que Tiara falava.

– O que é um filósofo? – perguntou Benito.

– Bem... – pensou Vladimir. – Um filósofo é alguém que se faz perguntas sobre a vida e procura respondê-las. De onde viemos. Para onde vamos. Qual é nossa missão neste maravilhoso planeta...

Marjúu ergueu as sobrancelhas e mordeu os lábios.

Bruno o olhou de canto de olho e, temendo que seu amigo se metesse em confusão, mudou o assunto da conversa.

– Justamente! A senhorita Rosa, nossa professora, deu uma missão para Benito: ele tem que escrever uma redação e fazer uma palestra especial sobre utopias. Tiara nos disse que você poderia nos ajudar.

– Claro que sim! – concordou Vladimir, que fez silêncio por um momento, porque a neta estava apontando para o dicionário aberto.

– Encontrei o significado da palavra "utopia" – avisou a menina, enquanto Benito fazia anotações. – *Utopia*: plano, projeto, doutrina ou sistema otimista que parece inatingível no momento de sua formulação.

– Não entendi! – Benito começou a se desesperar.

– Calma, sem pressa – Vladimir o tranquilizou. – Talvez tudo fique mais claro se eu te contar uma história real.

A história de como as utopias surgiram para mim. Mas antes, preciso explicar a todos o que é um livro.

– Isso eu já sei – Benito interrompeu. – O que eu tenho que escrever é...

–Shhh! – Tiara o repreendeu.

– Vou recitar para vocês um poema que escrevi na minha juventude, faz muito, muito tempo:

Um livro é algo que tem muitas folhas.

Mas não é árvore.

Nas folhas do livro há palavras escritas.

Nas folhas da árvore, não.

Nas folhas do livro pode haver desenhos.

Nas folhas da árvore, não.

Nas folhas do livro pode haver números.

Nas folhas da árvore, não.

No entanto, todos os livros

vieram das árvores.

– Que legal! Isso eu já sei – Benito repetiu. – Meu trabalho é...

–Shhh! – a menina tornou a silenciá-lo.

– Como eu estava dizendo... Um livro é algo que tem muitas folhas. E uma biblioteca é um lugar para os livros. Eu conheci as utopias na biblioteca. A utopia é como... uma lebre! Quase inalcançável! E há outra coisa que devo dizer: as utopias que vi não eram exatamente como as lebres. A maior diferença era que tinham muitos olhos.

Marjuú e Bruno se olharam.

– Elas tinham muitos olhos, sim, mas não sabiam ler bem! Por isso, quando a primeira utopia veio à procura de um lugar para viver, foi imediatamente para uma biblioteca.

– Por quê? – perguntou Benito.

– Muito simples! Porque viu um cartaz que dizia:

Este é um lugar para livros de muitas folhas

– E em vez de ela ler...

Livros de muitas folhas

– Ela leu...

Lebres de muitos olhos

– Ah! E o que aconteceu? – Marjúu perguntou, muito interessado.

– Desde aquele dia, a utopia pensou que as bibliotecas eram casas para lebres de muitos olhos. E, convencida de que as coisas eram assim, chamou todas as irmãs. E as irmãs viajaram de diferentes partes do planeta para visitá-la. Aos poucos, apareceu uma utopia aqui e outra ali. Todas as bibliotecas foram enchendo de utopias! O mais estranho era que ninguém as podia ver.

Benito levou a mão à cabeça, confuso.

– Não entendo! – ele disse. – Se havia tantas, por que você diz que ninguém as podia ver?

– Muito boa pergunta! – parabenizou Vladimir. – Esqueci de dizer uma coisa: as utopias só apareciam quando alguém desejava coisas impossíveis de alcançar.

Mais uma vez, Marjúu e Bruno olharam. Não havia necessidade de falar para que um adivinhasse o que o outro estava pensando.

– E agora que vocês sabem o mais importante – finalizou o filósofo, levantando-se. – Vou deixá-los sozinhos para que trabalhem nessa redação.

– Senhor... Não pode me dizer mais alguma coisa? – implorou Benito. – A verdade é que não sei por onde começar.

Houve um longo silêncio.

– Hummm... Vocês têm um bom livro de história? – perguntou Vladimir.

– Sim, aqui! – respondeu Tiara, apontando para uma enorme enciclopédia.

– Muito bem. Então, vou lhes dar uma pista – Vladimir disse, colocando a mão no queixo e olhando para o chão, como se tivesse descoberto formigas. – Procurem por esses nomes: Colombo e... Gandhi.

Tiara mostrou-lhe a folha em que os havia copiado e, com um gesto, perguntou se estavam bem escritos.

O idoso colocou uma letra "h" que faltava e lentamente se afastou. De repente, parou diante do olhar decepcionado de Benito, passou a mão em sua cabeça e falou como se tivesse lido sua mente.

– Você deve descobrir qual a utopia de cada um deles. Eu lhe asseguro que não será difícil! Debaixo de todo este cabelo, há uma máquina maravilhosa chamada cérebro. Se esforce para fazer com que ela funcione bem e será sábio por toda a vida – aconselhou o avô, antes de sair.

Bruno e Marjúu riram como esquilos e, a quatro mãos, transformaram a cabeça de Benito em um ninho de águias. Tiara serviu mais uma rodada de chá com leite e, em seguida, todos se concentraram na tarefa.

NO DOMINGO,
LOGO CEDO,
ENQUANTO
TODOS DES
CANSAVAM,
DARDO ATRA
VESSAVA O
VALE EM SUA
CAMINHONE
TE. AO SEU
LADO, ROSA
LHE INDICA

RANDÁ? O QUE É RANDÁ?

No domingo, logo cedo, enquanto todos descansavam, Dardo atravessava o vale em sua caminhonete. Ao seu lado, Rosa lhe indicava o caminho com um mapa nas mãos, no qual se viam muitas letras X.

– Parece que estamos em uma corrida de carros – brincou o rapaz.

À frente deles, o caminho mudava de aparência e de cores. Às vezes era rochoso e ermo, tomado por pequenos arbustos amarelados. De vez em quando, surgia um cacto solitário com uma flor vermelha brilhante. Outras vezes, as rachaduras na terra indicavam que ali tinha havido água, vida e plantações.

– O que terá acontecido aqui? – perguntou Dardo.

Rosa tirou os olhos do mapa e olhou para aquela imensa secura.

– Isto é o que acontece quando se cultiva uma única coisa diversas vezes, sem dar descanso ao solo – respondeu com tristeza.

Encosta abaixo, o ar estava carregado de umidade.

A estrada parecia germinar com mais força a cada minuto, até que tudo o que se via nas encostas era o verde majestoso, que se estendia em tons suaves ou intensos. Aqui, estava salpicado de branco nas ameixeiras. Mais à frente, era coberto por uma faixa rosa das milhares de flores dos pessegueiros. Finalmente, no horizonte, debaixo de um céu nublado e uma fita de água suave, se alinhava o verde-claro do milharal e o dourado do trigo.

A primeira parada foi a casa de uma menina chamada Laura. Antes de descer, Rosa viu que a porta do casebre se abria (era provavelmente a primeira vez que algo de quatro rodas chegava naquele lugar) e uma mulher saiu com as mãos na testa, como uma viseira contra o sol. Imediatamente, seus dedos baixaram até a boca.

– Senhorita Rosa! O que está fazendo aqui?

A professora a cumprimentou com um abraço e, sem tirar a mão de seu ombro, respondeu suavemente para que não se preocupasse.

– Não se assuste. Vim para ver o que Laurinha tem, pois faz dias que não vai à escola – explicou, notando que a mulher olhava receosa para o homem de avental descendo da caminhonete. – Este é o doutor Dardo, o novo médico da cidade.

– Bom dia, senhora! – sorriu o jovem. – Podemos entrar?

– Sim, claro – respondeu a mulher, esfregando as mãos no vestido antes de cumprimentá-los. – Desculpe, estava lavando roupa. Elas ficaram muito sujas com a fumaça.

– Não se preocupe, por favor. Será apenas um minuto, não mais, e nós iremos embora.

A menina estava dormindo, mas a voz forte, que não era de seu pai, a sobressaltou e ela acordou.

– Está tudo bem, mocinha! – sussurrou Dardo, percebendo o brilho assustado nos pequenos olhos negros. – Quando eu era pequeno e acordava com uma voz desconhecida, também ficava com medo. Mas depois passava.

– Oi, Laurinha! Tudo bem? – Rosa beijou a menina. – Este é doutor Dardo, que está visitando os moradores do vale.

Enquanto a menina ainda tentava entender o que acontecia, já havia um termômetro em sua boca. Aquele homem de branco colocou uma coisa verde em torno de seu braço; em seguida, introduziu um objeto de metal gelado sob o tecido e apertou várias vezes o que parecia ser um *spray* de perfume. O bracelete começou a inflar e a apertar bastante.

– Não tenha medo, querida! É uma máquina para medir a pressão. Não vai picar o seu braço nem nada – Rosa a acalmou.

Dardo sorriu para que Laura ficasse mais calma e lhe mostrou o relógio que havia no fim da mangueirinha de borracha. Depois girou um botão e o bracelete começou a desinflar enquanto o ponteiro se movia para a esquerda até parar. Sem saber por que, Laura sorriu aliviada. Até achou graça daquele homem falar alguns números em voz alta.

O médico, então, pediu a sua pequena paciente que sentasse, levantasse um pouco a blusa de lã e respirasse lentamente. Como a menina tremia de frio, Dardo esfregou a parte gelada do estetoscópio várias vezes no próprio rosto, até estar satisfeito. Finalmente, ele colocou a peça em diferentes partes das costas da menina.

– Anotou tudo? Temperatura, pressão, pulso? – ele perguntou.

– Está tudo aqui – disse Rosa, sorridente.

A mãe de Laura trazia um copo de leite em cada mão.

– Desculpem, mas é a única coisa que posso oferecer para lhes agradecer.

– Por favor! Não precisava! – disse a professora.

– Não precisava, senhora! – Dardo repetiu, mas não conseguiu impedir que a dona da casa saísse e voltasse com uma cesta e dois pães.

– Acabaram de ser feitos! Leve-os para a viagem!

Já dentro da caminhonete, rumo ao segundo lugar marcado, Rosa e Dardo comeram com gosto. Como se fosse um bolo de aniversário. Estavam realmente com fome, mas não queriam admitir. No mapa, as distâncias pareciam muito menores do que na dura realidade do caminho. Sem pensar que a viagem levaria tanto tempo, eles tiveram a precaução de levar medicamentos e antibióticos, mas nada para o almoço.

Durante o dia, uma visita semelhante à da casa de Laura foi repetida no sopé da montanha, na casa de Robustiano. E também na margem do rio, onde morava Eleonora. E atrás do bambuzal, onde ficava a casa de Ezequiel.

Em cada casa, os pais dos alunos deram muita atenção à professora e ao médico. Por último, a caminhonete subiu lentamente, em direção à casa dos Carranza.

Pedro saiu para recebê-los com a esposa, como se fossem visitados por verdadeiros reis. Mais abaixo, enquanto lutavam para chegar à pequena fortaleza de pedra, Rosa e Dardo tropeçaram e caíram na risada. Logo depois, os quatro se reuniram sob uma árvore de onde se podia ver a metade do vale e quase todas as curvas do rio.

– Eu disse a essa mocinha – comentou o médico, um pouco cansado – Que onde vamos nos tratam como se fôssemos estrelas de televisão ou algo assim. É muito engraçado.

– Mas sim, vocês são como duas estrelas! – disse a mãe de Benito, servindo um copo de água para cada um.

– Onde está Benito? – Rosa perguntou, olhando ao redor.

– Na casa de uma amiga, fazendo o trabalho que você passou.

Depois de uma pequena pausa, o rapaz pegou o estetoscópio, o aparelho de pressão e repetiu mais algumas vezes o que tinha feito durante a manhã.

Rosa anotou cuidadosamente todos os resultados que ele ditou. Por volta das duas da tarde, a tarefa foi concluída. Ou melhor, a maior parte da tarefa.

Maria Carranza alimentava o bebê. Dois meninos tiravam um cochilo e outros dois brincavam com Chinchil atrás da casa.

Quando julgou oportuno, já antecipando que todos iriam se curar, Dardo falou sobre o que havia de ruim nas análises.

– Quando começou sua dor nos ossos, Pedro? – perguntou o médico.

– Hum... Faz muito tempo! Antes eu aguentava com todo o trabalho. Mas agora não.

– Diga-me as coisas que você fazia. Uma por uma, Pedro. É muito importante.

– Bem, deixa eu ver... Tudo o que se faz para a semeadura e a colheita. Arar a terra, carregar sacos de sementes, fazer as marcações do *mosquito*...

– Não entendo – disse Dardo. – Fazer as marcações do *mosquito*? O que é isso?

Pedro olhou para a esposa e sorriu.

– Não sabe o que é o *mosquito*?

– Não, Pedro. Diga-me, por favor.

– Ora! O *mosquito* é um avião – ele explicou, calando-se a seguir, como se isso explicasse tudo. Mas ao ver que Dardo ainda olhava para ele, continuou: – Ele passa voando e lança o *randá*. Então, você tem que fazer sinal aqui de baixo para que ele saiba onde jogou e onde não jogou, sabe?

– *Randá*? O que é *randá*?

– O *randá*! – Pedro repetiu e olhou para o céu como se procurasse alguma nuvem. – É o que jogam para acabar com as ervas daninhas. Para isso e para acabar com qualquer bicho ruim na planta, sabe?

Dardo olhou para Rosa como se tivesse encontrado a peça que faltava no quebra-cabeças.

– Deixa ver se entendi bem... Você está me dizendo que, enquanto trabalhava no campo, um avião passava pulverizando? É assim mesmo?

– É esta palavra que não me vinha! Pulverizava, sim, senhor!

– E você, que proteção usava? Máscara, luvas?

Pedro trocou mais um sorriso com a esposa, quase zombando.

– Nãããoo. Nada, patrão. Um chapéu, às vezes.

Dardo fechou o caderno no qual estava marcando alguns dados e colocou a mão no ombro do chol.

– Pedro, você sabia que nesse tipo de trabalho a empresa é obrigada a dar proteção para os trabalhadores? Quero dizer que você tinha o direito de exigir calçados e roupas para trabalhar com segurança. Sabia disso?

Carranza fez marcas no chão com a ponta do chinelo. De repente, ele já não sorria mais.

– Sim, patrão, mas se alguém levanta um pouco a voz, fica sem trabalho. E aqui tenho muitas bocas para alimentar. Além disso, não é tão ruim.

– O que você quer dizer?

– Que o *randá* não mata ninguém. Causa, no máximo, tontura e dor de estômago, nada mais; foi feito para matar as pragas, e não pessoas. Maria trabalhou comigo e aqui está ela, nada aconteceu.

– E como sabe que ninguém poderia morrer?

Maria colocou o bebê no ombro e o balançou, lhe dando tapinhas nas costas. Vendo que o marido não encontrava as palavras para se fazer compreendido, resolveu falar.

– Um dia, o dono destas terras nos chamou e disse que não tínhamos com o que nos preocupar, porque o líquido que é lançado é muito fraco. Nos disse que é como veneno para formiga, que pode dar alguma dor de cabeça se você respirar, mas nunca vai matar. Caso contrário, não deixaríamos Benito fazer as marcações do *mosquito*.

Rosa e Dardo se olharam sem dizer nada.

– Isso mesmo, eles disseram que não havia problema – acrescentou Pedro. – E que todo mundo estava livre para decidir se queria ou não trabalhar, entende?

Em seguida, tanto para mudar de assunto quanto para contar histórias de seus antepassados, o chol falou de sua infância, da época em que os avós viviam no vale com outras famílias e a vida transcorria calma, sem que ninguém forçasse a terra a fazer o que não podia nem alterar o tempo das colheitas.

– Nosso lugar começava ali e terminava lá – Pedro apontou para onde se via o primeiro raio do sol ao amanhecer e o último ao fim do dia.

– Sua família era dona de tudo isto? – perguntou Dardo, sem disfarçar o espanto.

– Não, senhor! – respondeu Carranza, rápido como um chicote e um pouco irritado. – Nós, do povo chol, nunca nos consideramos donos da terra. Apenas lhe pedimos para tirar o que comer. Temos sido bons para ela, para que seja boa com a gente e nos pague. Você entende?

Fez-se um silêncio total. Ouviu-se ao longe o trinado de algumas andorinhas que passaram rapidamente de um lado para o outro e desapareceram atrás das montanhas a oeste.

– A terra tem nos dado muito, patrão – continuou Pedro, mais calmo. – Ela nos deu verduras, frutas e pastagens para as ovelhas. Em troca, nos pediu água, se muito. Acontece que agora ela precisa de um avião que lhe jogue isso para as pragas, aquilo para as ervas daninhas e aquilo outro para que continue fértil. Meus avós não precisavam mais do que uma enxada e um braço forte para cuidar bem dela. Todas as famílias comiam, patrão. E não faltou pão para ninguém! Então, me diga o senhor... quem inventou uma coisa assim tão incrível?

Médico e professora trocaram olhares novamente. Aquele homem tinha todos os motivos para não entender por que não poderia continuar trabalhando como seus antepassados. E, de fato, havia feito uma pergunta que nenhum dos dois foi capaz de responder.

PEDRO ME DEIXOU PREO CUPADO. VOCE ESTÁ MUITO CAN SADA? – PER GUNTOU DAR DO DEPOIS DE INSERIR A CHAVE NA IG NICAO E AN TES DE LIGAR O CARRO

PENSAMENTOS

– Pedro me deixou preocupado. Você está muito cansada? – perguntou Dardo depois de inserir a chave na ignição e antes de ligar o carro.

As pálpebras caídas de Rosa diziam que sim.

– Não! O que quer fazer? – ela respondeu.

"Essa moça não consegue separar a fala do sorriso", pensou Dardo, olhando para ela, indeciso.

– Nada. É melhor levá-la para casa.

– Não, sério! – insistiu a professora, segurando o braço dele. – Vamos, me diga!

Ele hesitou em responder. A seguir, olhou para o horizonte, na direção da casa enorme que se destacava mais abaixo. Pedro tinha dito que ali vivia o dono do terreno.

– Eu gostaria de visitar esse homem. Durante a semana não terei tempo. E preciso saber mais.

Rosa segurou o rosto dele e olhou em seus olhos. Depois sorriu como uma criança quando está tramando alguma travessura.

– Está bem, eu concordo, mas com uma condição.

– O que quiser.

– Vou te convidar para um almoço. Massas caseiras. Molho de tomate, carne moída, queijo ralado. O que me diz?

– Que estou morrendo de fome! – respondeu, ligando o carro.

A casa de Rosa se parecia com ela. Era pequena, aconchegante e alegre. Mesmo antes de entrar, o jardim recebia o visitante com o doce aroma de morango. Nos fundos, muitos pés de amor-perfeito azul e amarelo, branco e vermelho, azul ou lilás, enchiam de cor a grama da encosta suave que se estendia desde a calçada até a porta.

– Sente-se e não se mexa – ordenou a moça após abrir a porta e pendurar o casaco em um cabide.

Inclinado sobre a mesa com as mãos entrelaçadas sob o queixo, o jovem médico observou a cozinha e os movimentos rápidos da dona da casa.

Nas prateleiras de madeira havia latas forradas de tecido quadriculado. Cada uma tinha um rótulo e um laço. Rosa colocou um avental no pescoço e o amarrou à cintura. Em seguida, virou-se de costas, e assim permaneceu quase todo o tempo. Às vezes, virava-se para sorrir enquanto falava ou pegava algo na geladeira.

Não se passaram nem 15 minutos quando começou a brotar o cheiro inconfundível de cebola frita, o que ficou ainda melhor com a carne e se tornou magnífico após juntar um punhado de temperos.

– Você pode colocar os talheres, Dardo? Eles estão nessa gaveta.

Assim que serviu a comida, a anfitriã esperou que o convidado a provasse. Enquanto ele fazia isso, ela esperava sua opinião de sobrancelhas erguidas e um sorriso de expectativa.

– Hummm! – exclamou Dardo, fechando os olhos e inclinando-se para trás. – Está delicioso!

Só então Rosa pegou o garfo e, orgulhosa, começou a enrolar o espaguete.

Durante uma hora, conversaram sobre receitas, flores, música, seus antigos trabalhos, quais eram seus sonhos.

– Se você não fosse médico, o que gostaria de ser? – ela perguntou, curiosa.

– Marítimo. Sempre gostei de barcos; da ideia de embarcar em um navio, um veleiro, uma balsa. Qualquer coisa que flutuasse. E me deixar levar, seguindo sem rumo. Embora, no fundo, eu ache que, de alguma forma, o mar teria me trazido para este lugar. Talvez, depois de ter cruzado os oceanos e navegado daqui para lá, eu teria terminado neste vale e comido espaguete com você.

– Parece muito romântico.

– Ou muito bobo! – ele completou. E ela explodiu em gargalhadas. Então ele ficou sério e pensou em uma boa pergunta para fazer, enquanto terminava a comida, já um pouco fria. – Agora você. Como é que veio parar aqui? Por que você não é daqui, é?

– Como sabe disso?

– Bem, você tem uma maneira de olhar como se ainda se surpreendesse com cada paisagem, com cada pessoa.

Rosa baixou a cabeça e levantou as mãos para apoiar as bochechas.

– É verdade. Um dia eu fui até a cidade em busca de trabalho. Estava triste, porque não tinha conseguido emprego nem como professora substituta. Nunca vou esquecer como chovia. De repente, o ônibus quebrou, esperamos um bom tempo até chegar um reboque. Todos os passageiros tiveram que descer e corremos para fugir da chuva. Eu acabei me refugiando na escola. Por causa da tempestade, nem a diretora nem a professora tinham conseguido chegar. Fiquei triste ao ver as crianças sozinhas; então falei com elas, conversamos, brincamos. Não sei explicar, mas de repente senti que meu lugar no mundo era aqui. Ia ficar apenas por quatro horas e já faz quatro anos que moro neste vale!

Dardo deu um suspiro, pensando em quão fantástico podia ser o destino. Ele sorriu para a moça sem dizer uma palavra e, de alguma forma, sabia que não havia necessidade de falar. Gentil, começou a lavar os pratos, enquanto ela girava a manivela de uma caixa de madeira para que um pó escuro chovesse sobre uma jarra.

Minutos depois, quando a água ficou da cor dos grãos moídos, Rosa a derramou sobre um saco de pano, dentro de um recipiente de cobre. Sorridente, como durante todo o dia, pediu a xícara de Dardo. Pouco acima da mesa, um líquido marrom-escuro, e ao mesmo tempo transparente, caiu do bico de metal até a caneca de porcelana florida.

Em pouco tempo o ar foi tomado pela imensa calma perfumada de café e canela.

Os dois queriam que aquele momento fosse eterno. No entanto, ninguém disse nada.

Quando o pássaro do relógio de cuco saiu para avisar que eram quatro da tarde, a professora e o médico se prepararam para começar a parte final de sua tarefa.

ARDO FINAL
MENTE DECI
DIU DEIXAR
ROSA DESCAN
SAR E CONTI
NUAR O CAMI
NHO SOZINHO.
EXAUSTA, ELA
NÃO SE OPÔS.
OS DOIS COM
BINARAM DE
SE ENCON
TRAR NOVA

A SOLUÇÃO DE UM ENIGMA

Dardo finalmente decidiu deixar Rosa descansar e continuar o caminho sozinho. Exausta, ela não se opôs. Os dois combinaram de se encontrar novamente na semana seguinte.

Sem ter com quem falar e rir, a viagem tornou-se monótona. O bom foi que durou poucos minutos.

Antes de a caminhonete chegar ao destino, quatro dobermanns passaram correndo de língua para fora e a acompanharam pelos cinquenta metros que havia da casa até o portão de entrada.

Dardo se apresentou pelo interfone e, sob o olhar atento dos cães, aguardou por mais tempo do que imaginou. De repente, os animais levantaram as orelhas ao mesmo tempo, deram meia-volta e retornaram a toda velocidade.

Entre as duas colunas brancas da entrada, surgiu um homem baixo e gorducho. Ele vestia um roupão e caminhava de forma elegante. Ao se aproximar, era possível ver mais claramente que estava de chinelos e com o cabelo molhado. Certamente, acabara de sair do chuveiro ou da piscina.

Meia hora depois, já em uma pequena sala que servia de biblioteca e escritório, o diálogo amigável foi totalmente voltado para as questões do campo.

O homem de roupão se vestiu rapidamente para atender o médico, como era apropriado. O curioso era que mostrava o tempo todo o perfil direito, pois só podia ouvir daquele lado.

– Quem inventou uma coisa assim tão incrível? – perguntou Dardo, observando seu copo de suco de laranja.

– Como? – perguntou o anfitrião, sem compreender.

– Nada – sorriu o jovem. – É uma pergunta que me fez um dos peões que trabalha em seus campos. Ele estava se referindo aos produtos artificiais que se aplicam hoje em dia nas plantações: inseticidas, acaricidas, herbicidas, fertilizantes químicos...

– Hoje em dia e por décadas! – acrescentou o homem.

– É verdade. Mas houve um tempo em que não era necessário.

O homem o ouviu com um sorriso no rosto e depois foi buscar um livro na estante. Ele pegou uma enciclopédia sobre as duas grandes guerras mundiais.

– Doutor, você tem tempo para que eu leia?

– Por favor! Por isso vim aqui! – exclamou Dardo, ansioso.

– Muito bem, veja essas fotos. A partir de 1914, quando alguns exércitos do mundo planejavam como derrotar rapidamente o inimigo, uma das ideias que surgiu foi a de criar armas químicas (líquidos e gases) para destruir as plantações e causar a fome da população. Meio cruel, não é?

Dardo concordou com a cabeça e o deixou falar, se esforçando para interromper a narrativa o mínimo possível.

– Desta forma, se deu início a uma grande indústria, cuja missão principal era desenvolver esses produtos em grande quantidade. Mas, o que houve quando a guerra terminou? Os laboratórios mais desenvolvidos ficaram com milhões de litros de substâncias que não poderiam vender. E havia uma enorme rede de fábricas, impossíveis de se manter. Por isso, foi necessário encontrar uma nova utilidade para tanta coisa inútil. Você está me entendendo?

– Sim.

– Bem, de repente, alguém achou a solução: vender esses produtos aos agricultores, com o argumento de que seria uma solução rápida para acabar com as pragas que atacam as plantações. A princípio, os proprietários e agricultores duvidaram que precisavam gastar tanto dinheiro com isso. No entanto, como os resultados foram bons e havia muita ignorância a respeito, a indústria dos agrotóxicos começou. E com grande sucesso.

– E como eram as coisas antes disso?

O homem fez outra pausa e pegou um livro sobre o povo aborígene e seus cultivos. Abriu-o em uma ilustração na qual se viam porcentagens e gráficos.

– O indígena (maia, zapotecas, chol, nahua) sempre soube como tratar a terra sem danificá-la. Para torná-la mais fértil, misturava-a com esterco dos próprios animais, material que encontravam facilmente e em quantidade. Além disso, não se esqueça das minhocas que revolviam e arejavam as terras sem pedir nada em troca.

– Isso é fácil de entender, mas como combatiam as ervas daninhas, os parasitas, os cactos?

– Muito simples. Quando queriam eliminar alguns, lançavam sobre as plantações uma boa quantidade de insetos que tinham duas virtudes: não gostavam das folhas dos cultivos e adoravam o sabor da erva daninha. Resultado: alimento liberado para os insetos e a erva daninha eliminada.

– E o que faziam quando a praga era de insetos?

O homem sorriu, se serviu do suco de laranja e encheu o copo do convidado.

– Precisavam usar de esperteza. Se a praga fosse de aranhas ou lagartas, o agricultor colocava folhas de couve no cultivo. Isso atraía insetos grandes que se alimentavam dos pequenos que apareciam sobre a planta. Se a praga, por sua vez, fosse de moscas ou gafanhotos, eles semeavam plantas de pouco ou nenhum valor comercial junto ao cultivo principal. Mas antes se asseguravam de que a segunda planta era mais apetitosa do que o prato principal. Assim, desviavam a atenção da praga! É como se você pedisse uma salada e o garçom trouxesse uma tigela de trevos em vez da alface. Não é maravilhoso? Os aborígenes tiravam da natureza tudo o que precisavam. E nem os bois eram pagos por seu estrume, nem os insetos pelo trabalho!

Dardo estava surpreso. Não só pela clareza daquele homem, mas também por seu senso de humor para explicar algo tão complexo. Ele observou por poucos segundos os pisos encerados do escritório e, em seguida, uma parede em que havia pequenos quadros com temas pastoris. Ele deixou o copo sobre a mesa e franziu a testa, como se estivesse tentando se lembrar de algo importante.

– Um momento... Tem uma coisa que não faz sentido. Se a indústria química poderia mudar essa forma de trabalhar no campo e melhorar a produção, como é que se tornou um problema?

– Sua pergunta é muito boa. Infelizmente, a resposta é desastrosa. Vamos por partes. Os fertilizantes químicos melhoraram a colheita, mas ao repetir sempre o mesmo tipo de cultivo (coisa que os indígenas não faziam para deixar a terra descansar), com o tempo se tornaram insuficientes. Assim, os laboratórios criaram substâncias mais potentes, mas que inutilizaram alguns solos, que se transformaram em desertos.

– E o resto?

– Bem, os herbicidas e pesticidas que inicialmente eliminaram com sucesso as ervas daninhas, também exterminaram as preciosas minhocas. Enquanto isso, inseticidas e pesticidas excederam o seu dever e acabaram com formas de vida que eram úteis para as plantas. No entanto, há algo de bom em tudo isso...

Dardo abriu os olhos, impressionado.

– Não imagino o que possa ser – disse, como para si mesmo.

– Os agrotóxicos não são tão perigosos como dizem.

– Você realmente acredita nisso? Afinal, eles se chamam agro-*tóxicos*.

– Essas substâncias, quando manuseadas de forma responsável, respeitando as instruções do fabricante, não devem ser temidas. Além disso, são produzidas em determinadas concentrações, mortais para as pragas, mas inofensivas aos seres humanos.

Dardo se mexeu desconfortavelmente na cadeira. Lembrou da dor que Pedro sentia nos ossos, nas náuseas de Benito, na falta de ar do bebê. Finalmente, tirou as análises da maleta, uma pasta com o título GLIFOSATOS, e colocou tudo sobre a mesa.

– Como médico, senhor, devo avisá-lo de que está muito enganado.

– Eu não entendo de medicina – disse o homem, enquanto lia alguns resultados. – Por que trouxe esses papéis?

– Para provar o que vou explicar. O que você disse é verdade, que os venenos (porque não estamos falando de outra coisa) são muito diluídos e, em teoria, são inofensivos aos seres humanos. Mas quando se regam ou pulverizam os campos, esses líquidos chegam até os frutos e as raízes. Para não mencionar o que alcança o rio.

– Bem, é por isso que os vegetais devem ser lavados – interrompeu o homem. – De qualquer forma, antes de se carregar os caminhões, há um controle e uma limpeza cuidadosa. Na pior das hipóteses, um tomate pode chegar ao mercado com um pouco de lama.

– Não, você não está entendendo – insistiu Dardo. – Ou talvez eu não esteja me expressando claramente. Quando digo que os líquidos chegam aos frutos e raízes, quero dizer que entram nos tecidos vegetais. Não existe limpeza possível para isso!

– Concordo, doutor. E repito que a concentração é muito baixa para causar algum mal. Ninguém corre perigo quando vai ao supermercado e compra maçãs.

– Eu não tenho tanta certeza. E vou te dar um exemplo. Suponha que suas terras sejam cultivadas com o uso de um pesticida. Potente, mas diluído. Isso acontece várias vezes por mês e muitas ao ano. Incontáveis vezes, se falamos de árvores frutíferas. Durante esse tempo, as doses inofensivas se acumulam nas plantas. Ou seja, aumentam sua concentração. E se tornam tóxicas!

O homem levantou-se e começou a caminhar pela sala, com os braços para trás. De repente, parou e olhou para Dardo com otimismo.

– Para que você fique tranquilo, doutor, te informo que o tempo que um pesticida permanece no ar é muito pouco. Quando não evapora com o sol, é levado pela chuva.

– Alguns são mais persistentes que outros, senhor. Você se surpreenderia se lesse esses estudos que mostram que, anos após a pulverização, ainda restam vestígios de veneno no solo. Fora as análises que fiz de uma família que está doente por trabalhar com produtos tóxicos ou comer alimentos que são colhidos no vale. Em terras de sua propriedade, para ser exato. Felizmente, com o tratamento adequado, serão salvos. Mas existem milhares de pessoas que não terão essa sorte. A propósito, que produto o senhor usa como pesticida?

O homem mostrou-lhe a palma de uma das mãos e saiu do escritório. Alguns minutos depois, voltou com um recipiente hermético branco no qual havia uma grande etiqueta com instruções de uso, composição química e selos de vários controles.

– Está tudo aqui, doutor. Você irá ver, não é nada ilegal, porque este líquido é um dos mais utilizados no mundo.

Dardo leu atentamente as pequenas letras vermelhas e olhou a marca do pesticida. *Roundup*. Ele abriu a pasta e descobriu que estava entre os mais perigosos. De repente, se lembrou de uma frase de Pedro Carranza.

"O *randá*! É o que jogam para acabar com as ervas daninhas".

Sobre a mesa havia um antigo relógio de bronze. Surpreendentemente, sua campainha tocou.

– Doutor, tenho um compromisso – disse o dono da casa. – Espero ter sido útil e lamento que as coisas não sejam do seu agrado, mas o que podemos fazer? Este é o preço do progresso!

Dardo agradeceu o suco e a explicação que havia recebido. Olhou para aquele homem que, entre educado e resignado, sorria. Então, falou como se pensasse em voz alta:

– Se no passado os aborígenes podiam trabalhar a terra do jeito que você me disse, não vejo por que agora, que temos tanta tecnologia, não podemos fazer as coisas como antes. Ou melhor! Há agricultores fertilizando com estrume, utilizando enzimas, aproveitando matéria orgânica que não envenena, como as algas. Quero dizer, se foi feito uma vez, se pode fazer novamente. Eu sonho viver em um mundo saudável!

Na biblioteca, houve um enorme ruído. Parecia que algo tinha caído das prateleiras e se arrastado pelo chão até bater na porta. Na verdade, soava como se estivessem jogando pedras.

Dardo olhou espantado para o homem.

– Está ouvindo?

– Claro que sim – ele sorriu.

– E o que acha disso?

O homem observava Dardo como o aluno que não sabe o que responder em um teste.

– Bem... Eu acho que é uma utopia.

NA SEGUNDA-
FEIRA, QUAN
DO ROSA TER
MINOU DE DAR
AULA SOBRE
O PLANETA
URANO, MAR
TIN JULIO FI
COU PALIDO.
MARJUU CHE
GOU ALGUNS
MINUTOS
APÓS O INÍCIO

UMA TURMA ESPECIAL

Na segunda-feira, quando Rosa terminou de dar aula sobre o planeta Urano, Martin Júlio ficou pálido. Marjúu chegou alguns minutos após o início da aula. Estava com cara de sono e despenteado. Antes de ir para sua carteira, parou diante da mesa da professora.

– Bom dia, professora. O relógio parou de funcionar e perdi a hora – ele se desculpou, mordendo os lábios.

– Está bem, às vezes acontece. Como é a primeira vez, vou te dar presença – disse Rosa em voz baixa, preenchendo a ficha de chamada. – Deixe dez linhas em branco e escreva o que estou ditando.

Bruno tirou a mochila de cima da cadeira. Tiara e Benito levantaram a cabeça para sorrir ao colega recém-chegado e continuaram a atividade.

Não havia nada mais chato do que chegar atrasado. Tinha que pegar o material imediatamente, colocar sobre a mesa, fazendo barulhos incômodos, abrir rápido o caderno e olhar o do colega para copiar as frases anteriores, enquanto ele escrevia abaixo o que a professora estava ditando. Para piorar a situação, Bruno não tinha uma letra muito legível e isso o obrigava a interrompê-lo para perguntar, fazendo com ele se distraísse do ditado e se perdesse também, tendo que pedir para Tiara repetir a última coisa que Rosa tinha dito.

Aquele cochicho, além do ruído das cadeiras sendo arrastadas, distraía os alunos sentados próximos e os murmúrios se espalhavam até o fundo da sala. Assim, quem chegava tarde se tornava um dominó que caía sobre outra pessoa e outra e mais outra, provocando uma reação em cadeia que terminava derrubando, peça por peça, o silêncio da turma. Felizmente, de alguma forma ele se livrava e conseguia dar umas braçadas, como um afogado no mar confuso da desesperação.

Finalmente, uma hora mais tarde, a professora anunciou que a aula especial seria depois do recreio.

O aguardado sinal tocou e a sala ficou vazia.

– O que aconteceu com você? – perguntou Bruno, sentado na mureta que cercava o jardim do fundo pátio.

Um pouco depois, Benito relia sua redação para Tiara. Nenhum dos dois podia ouvir a conversa.

– Não consegui acordar. Mas isso não é o pior – Marjúu suspirou. – Me esqueci de fechar a porta do jardim!

– Nããão! A das...?

– Sim. Essa porta mesmo.

– E agora?

– Não sei – disse Marjúu. – Elas nunca saíram na rua. Nem sequer sabem que existe.

– Elas estão com comida? E água?

– Sim.

– Então, não se preocupe! Por que sairiam de onde estão? Nem sequer vão notar a porta!

Os colegas do trabalho de grupo se aproximaram.

– Estou nervoso – confessou Benito.

– Vai dar tudo certo! Além disso, já treinamos em casa: vamos dar a melhor aula do ano – garantiu Tiara.

Marjúu inspirou profundamente e seu receio desapareceu de imediato.

Ele, então, observou a copa da árvore.

Parecia incrível que umas flores tão pequenas podiam ter um perfume tão incrível.

– Vamos falar de outra coisa – sugeriu Tiara. – Vocês estão sentindo esse cheiro? Não é surpreendente que umas flores tão pequenas tenham tanto perfume?

Marjúu ergueu as sobrancelhas e mordeu os lábios. Antes que dissesse alguma coisa, a campainha tocou.

Na sala de aula havia um clima de expectativa e curiosidade.

Quando todos se acomodaram nas cadeiras, a professora chamou à frente o grupo que iria expor seu trabalho.

– A aula especial de hoje – anunciou Rosa – irá nos explicar o que é uma *utopia*. Para isso, o nosso amigo Benito escreveu uma redação. Tiara, Bruno e Martin irão participar da leitura do trabalho com ele. Estão prontos?

Para surpresa de todos, Benito anunciou o título; em seguida, fechou o caderno e começou a falar sem ler.

– "Utopias". Eu não sabia o que era uma utopia até que vi essa palavra escrita em jornais e revistas. Mas, acima de tudo, eu a vi escrita em livros. Foi quando eu soube que muitas pessoas as tinham visto. Há muito, muito tempo, quando todos pensavam que o mundo era plano, um navegador observou o mar. Ele se perguntou por que não poderia ir além da borda da água. Então, pensou em construir três navios para chegar até lá e continuar navegando. Foi só pensar e uma utopia saiu debaixo dos mapas. Era uma espécie de lebre com muitos olhos amarelos, que falou: "Você está louco? Se fizer isso, seus navios vão cair no vazio!" Alguns anos mais tarde, o navegador Colombo provou a todos que o mundo era redondo. E embora ele tivesse pensado que tinha chegado à Índia, na verdade, tinha descoberto uma nova terra que foi chamada América.

– Passaram-se quatro séculos – continuou Bruno. – Houve uma época muito triste, quando os homens da Índia não eram tratados como iguais. Todos os nativos foram proibidos de andar na calçada, enquanto os brancos podiam tudo. Outra coisa proibida era tirar do mar o próprio sal de que precisavam para viver. Muitos foram punidos por desobediência a essas leis injustas. Até que um nativo, que tinha conseguido estudar e se formar como advogado, conduziu seu povo para caminhar pelas trilhas e pelo mar. Se chamava Gandhi e sonhava que um dia todos os habitantes do mundo seriam tratados com igualdade e respeito.

– Uma utopia – continuou Tiara – surgiu debaixo de sua túnica branca, olhou para ele com olhos brilhantes e disse: "Você é realmente tão ingênuo? Você nunca vai conseguir algo assim!" Ele a ignorou. A Índia se tornou livre, como outros povos do mundo. E alguns anos mais tarde, homens de diferentes países se reuniram para escrever algo bonito com a ilusão de que se cumpriria para sempre: a *Declaração dos Direitos Humanos*.

– Algumas utopias foram alcançadas – afirmou Marjúu. – Outras se aproximam e, quando parece já estarem domesticadas, fogem novamente! Procuramos o significado da palavra *utopia* em um dicionário e não entendemos. Um filósofo nos disse que é um animal fantástico que aparece para nós em pensamento. Quando sonhamos em alcançar algo que queremos muito e nos perguntamos o que podemos fazer para conseguir, há sempre uma utopia saltando e rindo de nós.

Por fim, Benito voltou a falar.

– Então perguntamos ao filósofo: "Por que as utopias aparecem se elas sempre têm certeza de que vamos fracassar?" E ele respondeu: "Porque assim nos desafiam a conseguir!"

Os quatro amigos se inclinaram para frente e fizeram uma saudação. Receberam aplausos de todos os colegas e também da professora.

– Muito bom, Benito! Que ótimo trabalho! Parabenizo a todos vocês! – ela disse e, em seguida, se dirigiu ao resto da turma. – Agora eu gostaria que vocês levantassem as mãos e me dissessem qual é o maior sonho de vocês e se acreditam que é impossível. Qual é a utopia de cada um de vocês?

Marjúu ergueu as sobrancelhas e mordeu os lábios. Caminhou então rapidamente até a mesa da professora e colocou o rosto junto à orelha dela.

– Não é uma boa ideia, professora. Por favor, não faça isso!

Rosa o olhou intrigada a princípio e depois sorriu.

– E por que não? O que você acha que vai acontecer?

– As utopias podem aparecer! E se vierem, vão saltar sobre as mesas e sobre todos nós!

Rosa cobriu a boca para segurar uma risada.

– Ah, Martin! Foi um excelente exemplo o da lebre que tem uma porção de olhos e aparece quando se fala de um desejo impossível. Mas você tem que entender que é apenas uma comparação poética. Na verdade, esses seres... não existem! – ela explicou. Em seguida, deu a palavra a uma aluna. – Pode falar, querida.

– Eu quero ser bailarina – disse a pequena Eleonora, estendendo os bracinhos e olhando para o teto, como se fosse tirar uma foto.

para viver. Muitos foram punidos por desobediência a essas leis injustas. Até que um nativo, que tinha conseguido estudar e se formar como advogado, conduziu seu povo para caminhar pelas trilhas e pelo mar. Se chamava Gandhi e sonhava que um dia todos os habitantes do mundo seriam tratados com igualdade e respeito.

– Uma utopia – continuou Tiara – surgiu debaixo de sua túnica branca, olhou para ele com olhos brilhantes e disse: "Você é realmente tão ingênuo? Você nunca vai conseguir algo assim!" Ele a ignorou. A Índia se tornou livre, como outros povos do mundo. E alguns anos mais tarde, homens de diferentes países se reuniram para escrever algo bonito com a ilusão de que se cumpriria para sempre: a *Declaração dos Direitos Humanos*.

– Algumas utopias foram alcançadas – afirmou Marjúu. – Outras se aproximam e, quando parece já estarem domesticadas, fogem novamente! Procuramos o significado da palavra *utopia* em um dicionário e não entendemos. Um filósofo nos disse que é um animal fantástico que aparece para nós em pensamento. Quando sonhamos em alcançar algo que queremos muito e nos perguntamos o que podemos fazer para conseguir, há sempre uma utopia saltando e rindo de nós.

Por fim, Benito voltou a falar.

– Então perguntamos ao filósofo: "Por que as utopias aparecem se elas sempre têm certeza de que vamos fracassar?" E ele respondeu: "Porque assim nos desafiam a conseguir!"

Os quatro amigos se inclinaram para frente e fizeram uma saudação. Receberam aplausos de todos os colegas e também da professora.

– Muito bom, Benito! Que ótimo trabalho! Parabenizo a todos vocês! – ela disse e, em seguida, se dirigiu ao resto da turma. – Agora eu gostaria que vocês levantassem as mãos e me dissessem qual é o maior sonho de vocês e se acreditam que é impossível. Qual é a utopia de cada um de vocês?

Marjúu ergueu as sobrancelhas e mordeu os lábios. Caminhou então rapidamente até a mesa da professora e colocou o rosto junto à orelha dela.

– Não é uma boa ideia, professora. Por favor, não faça isso!

Rosa o olhou intrigada a princípio e depois sorriu.

– E por que não? O que você acha que vai acontecer?

– As utopias podem aparecer! E se vierem, vão saltar sobre as mesas e sobre todos nós!

Rosa cobriu a boca para segurar uma risada.

– Ah, Martin! Foi um excelente exemplo o da lebre que tem uma porção de olhos e aparece quando se fala de um desejo impossível. Mas você tem que entender que é apenas uma comparação poética. Na verdade, esses seres... não existem! – ela explicou. Em seguida, deu a palavra a uma aluna. – Pode falar, querida.

– Eu quero ser bailarina – disse a pequena Eleonora, estendendo os bracinhos e olhando para o teto, como se fosse tirar uma foto.

– Muito bem! Comece a fazer flexões agora mesmo! Quem mais?

– Eu vou ser um pesquisador marinho! – gritou Ezequiel.

– Vou viajar em uma cápsula cheia de bolhas, vestido de mergulhador e nadar com peixes coloridos e estrelas-do-mar!

– Terá que estudar muito, então! Comece agora mesmo! – Rosa o incentivou. De repente, ela olhou para a porta. – Por favor, Tiara, acho que alguém está chamando. Você pode abrir?

– Eu vou! – se ofereceu Marjúu e correu para a porta. Ele olhou para baixo e congelou por um momento. Depois a fechou, pálido. Seu rosto tinha uma expressão muito séria. – Não tem ninguém. Deve ter sido o vento.

– Está bem, obrigada. Quem mais quer falar?

– Aqui! – Laura acenou. – Eu quero ser uma estrela do rock! Quero tocar piano e cantar em estádios lotados e ser aplaudida e dar muitos autógrafos.

– Por que não? Estude música e cuide da garganta desde agora, Laura!

– Agora eu, professora! Vou ser médico e vou descobrir uma vacina para que ninguém mais fique doente – anunciou Robustiano, do fundo da sala.

– Que Deus te ouça, Robustiano! – exclamou Rosa, juntando as mãos. – E por falar em ouvir, eu continuo ouvindo batidas. Você pode ver, Bruno, por favor?

Bruno foi até a porta, girou a maçaneta, a abriu e fechou imediatamente, virando-se de costas. Ele olhou para Marjúu, desesperado.

– Não. Não tem ninguém, professora.

Rosa se irritou.

– Bruno! Como diz que não há ninguém se estou ouvindo a batida daqui? Abra a porta, por favor!

Marjúu mordeu os lábios. Se aproximou novamente da mesa da professora e tentou convencê-la.

– Bruno disse a verdade, professora. Não tem nenhuma pessoa ali, porque quem está batendo... não são pessoas.

– Ah, não? Que brincadeira é essa? O que era para ser, então?

Marjúu ergueu as sobrancelhas e hesitou em responder. Mas não tinha escolha.

– São... utopias, professora. Lembra-se do que dissemos, que aparecem quando alguém tem um desejo impossível?

– Aqui ninguém disse um desejo impossível, Martin Júlio. Difícil de se conseguir, sim; impossível, não.

Ela não havia terminado de dizer "impossível, não" quando tudo estremeceu com uma saraivada de socos. Parecia que alguém do lado de fora estava atirando pedras na porta.

Rosa correu para proteger os alunos mais próximos da saída. Então, muito corajosa, girou a pequena maçaneta.

Uma multidão, dezenas delas! Lebres avermelhadas, marrons, malhadas de marrom e preto, com muitos pares de olhos amarelos e brilhantes, invadiram e começaram a pular das cadeiras para as mesas e de mesa em mesa; de caderno a caderno, de cabeça em cabeça.

Do focinho de cada uma saía um gemido de outro mundo, ensurdecedor, que depois de alguns minutos parecia se repetir novamente na mesma frase terrível.

– O que estão dizendo? O quê? – se perguntava Rosa enquanto corria apavorada, tapando os ouvidos.

Em um canto da sala, sentado e com os braços pendurados ao lado, Marjúu estava perplexo, de olhar perdido.

– Você não vai conseguir. É impossível – respondeu, em voz baixa.

EU CONHECI O
BRUNO NUM
DIA EM QUE A
DIRETORA DA
ESCOLA DELE
ME CONVIDOU
PARA DAR
UMA PALES
TRA SOBRE
LITERATURA,
ESCRITORES'
OUTROS

TUDO PODE ACONTECER

Eu conheci o Bruno num dia em que a diretora da escola dele me convidou para dar uma palestra sobre literatura, escritores e outros assuntos relacionados.

Durante o encontro, falei com os alunos e respondi a uma centena de perguntas: como nasce um romance, um conto, um poema. Autografei alguns dos meus livros, tirei fotos e finalmente me despedi de todos, quando tocou o sinal de saída.

Enquanto saía pelo corredor, senti algo puxar meu paletó. Era um menino simpático com óculos de lentes grossas, que me perguntou se eu tinha tempo.

– Tempo? Para quê? – perguntei, curioso.

– Para te contarmos uma história. Talvez te sirva para um romance! – ele respondeu, olhando nos meus olhos como se quisesse me hipnotizar.

Imediatamente surgiram atrás dele dois colegas da turma que se apresentaram como Tiara e Benito. Eles estavam felizes por terem passado de ano.

Eu tinha o resto do dia livre. Olhei para o relógio e aceitei a proposta.

Confesso ter pensado que fosse algo sem importância. Até que cruzou o nosso caminho uma professora cujos olhos tinham uma paz e doçura que não pode ser encontrada na face de outro ser humano.

Ela estava apressada para chegar a tempo na outra escola onde dava aulas no turno da tarde; no entanto, parou um momento para me cumprimentar.

– Meu nome é Rosa – ela se apresentou, estendendo a mão delicada e perfumada. – As crianças querem te contar uma coisa. Acredite nelas, por favor: Eu estava lá e posso garantir que te dirão a verdade. Adeus! – ela disse e correu para uma caminhonete verde na qual o marido a esperava.

E se faltava algo para me convencer, eles me levaram pelas ruas do povoado até onde havia sido a casa de Marjúu. Ou melhor, a impressão que restara dela na terra: um círculo perfeito, com um diâmetro de aproximadamente dez metros. O interior era revestido por uma pequena erva que tinha esse primeiro tom verde de primavera, suave e amarelado.

Bruno mostrou cada cômodo e me disse por onde se entrava, em que lugar ficava o quarto, a cama, o telescópio... e onde dormiam as utopias.

Duas horas mais tarde, à sombra perfumada de uma laranjeira cheia de flores, perguntei o que havia acontecido com o amigo *uraniano*.

– Teve que ir embora – responderam Benito e Bruno em coro. – Quando a diretora soube da invasão de utopias, lhe pediu explicações sobre a bagunça que ele havia causado e escreveu uma nota em seu caderno para que mostrasse aos pais.

– Ele foi visitar os pais, para que a assinem. Mas ele vai voltar! Ele me prometeu! – disse Tiara, sorrindo.

Até o último segundo, as crianças fizeram de tudo para que eu acreditasse nelas. Para deixá-los tranquilos, abri uma das minhas pastas e fiz algumas anotações.

Tive vontade de rir. Na verdade, eu estava convencido desde o início de que me diziam a verdade. Mas as crianças estão tão acostumadas a que os adultos não acreditem nelas...

Por isso lhes contei o meu segredo.

A primeira vez que eu vi uma utopia foi quando li um livro inteiro.

Ao chegar à última página, desejei ser escritor.

Em seguida, uma lebre de muitos olhos brilhantes saltou em minha frente e cruzou os braços. Tratava-se de uma utopia muito pequena em comparação às que deviam ter aparecido a

Colombo ou Gandhi. Mas eu, que estava apenas começando a ler, a achei enorme.

"Você nunca vai conseguir!" – ela disse, morrendo de rir. – "Isso é impossível!"

Anos mais tarde, eu estudei, li muito; escrevi, rasurei, corrigi, até que publiquei meu primeiro livro!

Um dia, li no jornal que as utopias haviam acabado.

Que não existiam mais.

Nem uma sequer.

Eu pensei sobre isso e percebi que era uma armadilha.

Uma armadilha para esquecer.

Se o mundo esquecesse que existem utopias, com o tempo todos teriam medo novamente de ir além do conhecido. Ninguém se lembraria daquele navegador italiano, daquele advogado indiano e de tantos outros que sonharam com o que parecia impossível.

E, finalmente, voltaríamos à ignorância e à injustiça.

Muitos dizem que as utopias não existem. Outros dizem que sim, mas que ninguém as pode alcançar.

Eu acredito que elas são reais. E que conquistá-las depende de você mesmo, não importa quantos anos tenha. Como prova, posso dizer que fiz amizade com uma muito pequena.

E a cada dia que vivo, tento correr atrás de outras maiores. Eu continuo tentando, ainda que olhem para mim com os olhos zombeteiros e me digam mais de uma vez:

"Você não vai conseguir! Nem comece a sonhar! Isso é impossível!"

Eu não ligo para elas. Penso em Marjúu, que a cada noite dormia abraçado com uma delas.

E antes que as minhas desapareçam do meu quarto, afago suas orelhas com carinho.

Princípio n° 9:

"A criança deve ser protegida contra toda forma de abandono, crueldade e exploração. Não deve trabalhar antes de uma idade mínima adequada; em caso algum se dedicará a emprego nenhum que lhe prejudique a saúde ou a educação ou que interfira em seu desenvolvimento físico, mental ou moral."
(Declaração dos Direitos da Criança, Assembleia Geral das Nações Unidas, 1959)

Artigo 3º:

"A idade mínima para admissão a qualquer tipo de emprego ou trabalho que, por sua natureza ou as circunstâncias em que se exerça, possa resultar em risco à saúde, à segurança ou à moral dos jovens não deverá ser inferior a 18 anos."
(Organização Internacional do Trabalho, Convenção 138, 1973)

Artigo nº 1:

"Todo país membro que ratifique a presente Convenção deverá adotar medidas imediatas e eficazes para assegurar a proibição e eliminação das piores formas de trabalho infantil com caráter de urgência."
(Organização Internacional do Trabalho, Convenção 182, 2000)

CARLOS MARIANIDIS

Quando decidi escrever para crianças, eu me perguntava que rumo iria tomar. Podia contar fantasias ou histórias reais. Eu escolhi o segundo caminho, pois assim os leitores saberiam que todas as crianças e jovens choram ou riem por motivos semelhantes. O que acontece aqui com Benito é verdade. Isso é algo que, de diferentes maneiras, milhares de pessoas sofrem em todo o mundo. Mas também é verdade que existem pessoas boas que sempre aparecem, como Rosa e Dardo. O resto, simplesmente ainda não posso explicar.

MARTA TOLEDO

Sou argentina e ilustrar este livro me fez repensar meus próprios sonhos. Desde pequena, desenhar foi e continua sendo o que me deixa mais feliz. Minha mãe guardava meus rabiscos como um tesouro. Em um certo período da minha vida tive que fazer uma escolha, como, aliás, fazemos a todo momento, mas naquele instante escutei meu coração e, sim, era uma utopia estudar Arte naquele tempo, em um país sem democracia, sem liberdade, arriscar naquilo que não era seguro. Ao longo dos anos, desenhar tornou-se minha profissão. Eu ainda acho que não existem sonhos impossíveis, mas sim a vontade de conquistá-los.

Este livro foi composto com a família tipográfica
Chaparral Pro, para a Editora do Brasil, em maio de 2015.